高嶺の花は
咲いてるか？

桜瀬ひな

1

高嶺の花は咲いてるか？ 1

目次

一章 高嶺の花 05
二章 花は出会う 19
三章 花のお仕事 33
四章 花には水を 61
五章 花は萎《しお》れて 72

六章　枯れた花　83
七章　花開く条件　89
八章　花と太陽　126
九章　花を飾りましょう　137
十章　高嶺の花が咲いた時　165
十一章　花は匂えど……？　174
十二章　おしゃべりな花たち　188

装丁・本文デザイン／塚田佳奈（ME&MIRACO）
装画／カスヤナガト
校正／梶原晴美（東京出版サービスセンター）
編集／高原秀樹（主婦の友社）

この物語はフィクションです。
実在の人物・団体等とは関係ありません。

一章　高嶺《たかね》の花

あたしの名前は

『高嶺の花』。

もちろん、本名じゃない。

でも、あたしのことをみんなそう呼ぶ。

本当は……。

「おはようございます」

「おはよう」

あたしが『受付スマイル』で挨拶《あいさつ》すれば、男性社員は頬を赤らめ言葉を返してくれる。

「おはようございます」

「おはよ、奈々美《ななみ》ちゃん。今夜あたり一緒に飲みに」

「残念ながら今夜も無理です」

こんなセクハラすれすれの会話すら、にっこり笑って受け流す技は、入社して半年でマスターした。

うちの会社は商社としてはそれなりに大きな部類に入る。社員だって関連会社を含めれば、ゆうに3000人は超す。この大きな建物も自社ビルで、あたしはそこの受付嬢。張り付けた笑顔を絶やすことなく、ロボットのように挨拶《あいさつ》を繰り返すのがあたしの仕事。

「今日も稲森《いなもり》さんめっちゃ可愛い〜。一度でいいからつき合ってみたいよな」

「バーカ、おまえなんか相手にするかよ」

「っつーか、男がいるって噂《うわさ》だろ？」

「あーゆーのを『高嶺の花』っていうんだよな」

こんな会話はいつものこと。

『高嶺の花』

それが褒《ほ》め言葉じゃないのも知ってる。でもね、本当は……。

「奈々美が処女だって聞いたらみんな驚くだろうね」

「ちょっ、加代《かよ》！　声が大きい!!」

隣で楽しげに笑うのは、大学時代からの親友の加代。ただいまあたしは休憩中。屋上で食べるアンデルセンのサンドイッチは最高なのに、会話は最低……。

「さっさと彼氏作っちゃいなよ」

「どこにいい男がいるのか教えて」

そう言うと、加代はあきれたようにため息をついた。

「奈々美、何歳？」

「……23」

なったばかりよ？　と付け加えようとしたけどやめておいた。

「好きな人は？」

「モデルの篠原ヒロキ」

「それは芸能人!!　リアルな世界でって意味よ！」

上から怒鳴りつける加代にあたしは思わずギュッと身体を縮めた。だって仕方ないじゃない？　いないいんだから、好きな人なんて。

「言い寄る男はいくらでもいるでしょう？」

「……軟派な男は嫌いなの」

確かにあたしを好きだと言ってくれる人はいた。でもそれは大抵、軽そうな営業マンだったり、下心見え見えの商社マン。コンパも何度か行ったけど、一緒に参加したお局様には嫌味を言われちゃうし、周りはよだれを垂らしたオオカミ男ばかり。一度、『送るよ』なんて紳士なことを言った男に、いきなり道端でキスされそうになって……。思いっきりヒールで脛《すね》を蹴《け》って逃げて帰ったっけ。女子高時代の護身術が役に立った瞬間だった。

「選《え》り好みしすぎよ」

「最初の相手くらい選びたいじゃない？」

ちょっと強がって言ってみると、加代に大きくため息をつかれちゃった。

「じゃあ、どんなのが好み？」

好み……、うーん、そうだなぁ。

「優しくて頼りがいがあって気が利いて、あっ、背は１８０は欲しいかも！　あとスポーツマンで字は綺麗な人がいい！　それと――」

「そういうのを『高望み』っていうのよ」

あたしの理想論を遮《さえぎ》る加代に、あたしは頬をふくらませてイチゴミルクを飲み干した。

受付の仕事は忙しい時と暇な時の差が激しい。そして、今は暇な時間。それでも座ってなきゃいけないし、私語をすればお局様に嫌味を言われる。

「奈々美、休憩しようか？　先に行っていいよ」

「ありがと。じゃ、10分したら交代ね」

あたしは相方の琴《こと》ちゃんにそう言って、化粧ポーチ片手に化粧室へ向かった。どうしてもお昼を過ぎちゃうと、お肌のテカリが気になっちゃう。受付嬢っていうのはいわば、会社の顔。だから綺麗に直して、グロスも品よく少なめに。

「よしっ」

メイクをすると自然と気合いが入るよね。残りの時間はあと5分……。

「ジュースでも飲もうかな」

いつもはあまり飲まないんだけど、今日はさすがに暑いから喉《のど》が渇いちゃった。受付は吹き抜けの大きなフロアの中心にある。空調はばっちりなんだけど、やっぱり乾燥するし、一面ガラス張りで太陽の光が入り込むから日焼け対策にカーディガン羽織ったりすると暑かったりで、なかなか体調管理は難しい。

今日はオレンジジュースにしようかな？　なんて考えながら自販機に歩いていくと、

「……受付の髪の長いほうって」

と聞こえてくる声にあたしは足を止めた。

「稲森ちゃんな、あれは綺麗だよな」

「彼氏、見たことあんの？」

「いや。でもまぁ、あんだけ美人ならいて当然だろ」

「やっぱなぁ～」

「噂《うわさ》じゃ、どこぞのＩＴ会社の社長とつき合ってるとか」

「マジかよ？」

こんな会話も日常茶飯事。っていうか、残念ながら彼氏なんていません！　なんてこと、こいつらに訂正しに行くほどあたしも馬鹿じゃない。

仕方ない、もう一階上の自販機に行こうかな。

「いや、いないだろ。っつーか、あの雰囲気は――」

えっ？

「男、知らないだろ？」

はっ⁉　い、今なんて言った⁉

「はぁ⁉　ありえねぇだろっ、あんだけ美人で男がいないなんて」

「いや、それより男知らないってなんで？」

そ、そうよ！　なんでアンタに分かんのよ‼

「ん？　妙にガードは固いし、慣れてるようでスレてない。半分は俺の勘、かな？」

何!?　その意味不明で自信満々な理由はっ！　大体、誰よ！　こいつ!!

あたしが張り付くように壁際から覗《のぞ》き込むと、見える靴は3人分。そこから分かるのは、こいつらはきっと営業マンってこと。だって、ピカピカの革靴だもの。

「あははっ、なんだよそれ」

「じゃ、賭けてみるか？」

「どうやって見極めんだよ？」

「俺が落とす。簡単だろ？」

「はぁ？　それってただの自己申告じゃん」

「絶対フラれるね。社内であの『高嶺の花』を手にしたヤツは一人もいないんだから」

『高嶺の花』

これって絶対褒《ほ》め言葉じゃない。お高く止まってるとか、高飛車《たかびしゃ》だって言いたいんでしょ？　好きじゃないから断ってるだけなのに……。

もちろん、あたしだってこの人いいなって思う人がいなかったわけじゃない。だから、『つき合わない？』の声に『はい』って答えたことだってある。初めてのデートにはドキドキして、服をあれこれ悩んだり、メイクだっていつも以上に念入りだったり。

なのにそんなデートは大抵彼の友達に会うことが多かった。もしくは人通りの多い場所へわざわざ引っ張り出されたりとか。

最初は、友達にも紹介してくれるなんて『彼女』って認められたようで嬉しかった。なのに交わされる会話は、『なに？　おまえの彼女、すっげー美人じゃん？』なんて言われて、『だろ？　やっぱ連れて歩くなら美人がいいよな』って。

まるでブランドバッグの自慢をするかのようにあたしを引っ張りまわす彼。あたしはただのアクセサリーで、中身なんて見る人はいなかった。

珍しく『映画でも』って誘われた映画館では、

『なに、もしかして字幕なしでいけちゃうの？　マジで⁉』

字幕を読まないからワンテンポ速いあたしの反応に気がついたみたい。

受付に座る限り英語は必須。そんなことも知らない彼は、あたしが馬鹿だと思ってたらしい。顔がいいだけの馬鹿女。そうじゃないのが分かってなのか、その後の会話はひどくぎこちないものに。次の日には『別れよう』のメールが届いた。

だから、ナンパな声にはもう応えないって決めた。もう、今じゃ真面目に告白する人もいなくなってせいせいしてるけどね。

「そういうの、ますます萌えるね」

はい？

「っつーか、榊《さかき》、女いるんじゃなかったっけ？」

はぁ――⁉　彼女持ち⁉

こいつ絶対軽い！　水素ガスより絶対軽い!!　チャラ男決定っ!!

「まぁ、問題ないでしょ」

問題でしょ!?　大問題よっ！

そんなあたしの心の叫びなんて完全無視で、聞こえてくる彼らの笑い声にますますイライラしてきちゃう。

「あははっ、じゃ俺はフラれるほうに1万な？」

「あっ、俺も乗った！」

笑いごとじゃないってば!!　なんてやつらなの!?　あたしを賭けの対象にするなんて!!

――よしっ!!

その顔拝んでやるっ！

あたしはパンプスの音を響かせてそいつらの前に足を進めた。その足音に気づいて1人が「おいっ」と声を上げる。やっぱり、思った通り人数は3人。そして、この暑い時期なのにスーツ姿ってところから営業マン確定。

どれが『榊』かは分からないけど……。

「ごめんなさい、そこいいですか？」

特上受付スマイルを見せつけてそう言えば、2人はあわてたように「はいっ」とうわずった声を上げて自販機から離れ、壁にへばりついた。その顔はもう真っ赤。残る1人は、自販機の前にあるベンチに足を組んで座り、あたしを見上げていた。

身長は分からないけどたぶん高め。髪はアッシュブラウン。綺麗というより甘い顔立ちはさっきの台詞《せりふ》に似合ったチャライもの、そして薄い唇に軽そうな笑顔。

たぶん、こいつが『榊』ね。

「そこのコーヒーを買いたいんですけど」

アンタの足が邪魔で通れないのよっ、とは言わずにわざと奥にある自販機を指差して微笑むあたしに、組んだ足を引っ込めて「どうぞ」と返す声は間違いなく『榊』だった。

その足はムカつくくらい長くて、添えられたその笑顔は——。

柔らかそうな髪をかき上げ、細められた瞳は優しそう。薄い唇の口角を上げ、とろけそうな甘ったるい笑顔。あたしは崩れてしまいそうな笑顔を整えて「ありがとう」と返し、平静を装ってコーヒーのボタンを押した。

「それじゃ、失礼します」

コーヒーを取り上げてそう言うと、壁に張り付いた2人が「は、はいっ!」と返すのに対して、彼だけは薄い笑みを浮かべるだけ。その笑みすら——

ムカつく。

普通ならあの2人のような態度をとるのが当たり前なはずなのに、あたしのほうが一瞬とはいえ見とれちゃうなんて。でも、『榊』って初めて聞いた名前だけど……、うちの社員よね？　だって、あとの2人には見覚えがあるもの。

まぁ、いいわ。名前も顔もバッチリ覚えたから！

絶対、アンタなんて大っ嫌いよ――っ!!


「おかえり、奈々美」

「ごめん。ちょっと遅くなっちゃった。これお詫《わ》び」

そう言ってあたしは買ったばかりのコーヒーを相方の琴ちゃんに差し出した。だって、あの場面でイチゴミルクを買うわけにはいかないじゃない？　本当は飲みたかったけど。

うん、喉《のど》渇いてたのに……。

だんだんムカついてきた。あたしの機嫌が悪くなったのも、イチゴミルクが飲めなかったのも、それもこれも全部――。

「ねえ、琴ちゃん、『榊』さんって営業の人知ってる？」

「あぁ、先週末だったかな、上海《シャンハイ》支社から帰ってきた人でしょ？」

なるほど、納得。だから名前を聞いたことなかったんだ。一応、受付だから、全社員は無理だけどある程度、顔や名前は把握してるつもりだもの。

「カッコいいよね、榊さん！」

「……知らない」

そう言って、あたしは顔をそむけた。素直に『そうだね』って言えるほど大人にはなれない。確かにあの笑顔には見とれそうになったけど。そう思うとますますムカつく。

「そっか、奈々美、先週風邪でお休みだったもんね」

その言葉にあたしはコクンとうなずいた。だから、知らなくて当然。

「なんでもこの1週間で10人近くアタックした女性社員がいたらしいんだけど、みんな撃沈。なんと、同棲中の彼女がいるらしいっていうから残念よね」

「はっ？　同棲!?」

驚いて声を上げると、琴ちゃんが「シーッ」て人差し指を口元に立てた。だからあたしもあわてて自分の口元を右手でふさいで。そういえば確かに彼女がいるって話してたっけ。でも、『同棲』!?

『俺が落とす。簡単だろ？』

じゃあ、あの台詞《せりふ》の意味ってあたしに二股かけるってことじゃないんだよね？　だましてつき合って、賭けに勝ったら……？

――最低ッ！

…………上等じゃない、榊めぇ～！　来るなら来ればいいわ！　絶対、フッてやるっ！

完膚《かんぷ》なきまでフッて、二度とあたしの前で笑えないようにしてやるっ!!

＊＊＊＊＊＊＊＊＊＊＊＊＊

受付の仕事は夜7時まで。今日は遅番だから、みんなが帰るのを「お疲れさまでした」と笑顔で見送るのもあたしたちの仕事。

「ほら、あれだよ」

隣でささやく琴ちゃんの指差したほうを目だけで追うと、スーツ姿の集団。

「真ん中にいるダークグレーのスーツ」

言われなくても分かるくらい彼のことは記憶してる。明るめのアッシュブラウンの髪が揺れる。あの時は座ってたから分かんなかったけど、身長は180を超えてると思う。スラッとした体型にダークグレーのスーツ、仲間たちと話しながらやってくる彼の顔には、あの甘ったるい笑顔が張り付いて……。

「ちょっと、ガン見しすぎだよっ」

わっ、そうだった。まだ仕事中！　って……。あ……、目が合っちゃった——!!

ドクンと心臓が音を立てる。何か言わなきゃ！　これじゃ見とれてるみたいじゃない!!

「お、お疲れさまでした」

咄嗟《とっさ》ににっこり笑って受付スマイル。あたしの声に、彼の周りの人たちはのぼせそうな笑顔で「お疲れ～」と返すのに……。

「お疲れ」

彼だけははっきりとした口調でそう言うと、お返しとばかりにあの甘ったるい笑顔を向けてくる。負けてなるものかと、引きつりそうになりながら笑顔を作り見送ったけど、榊たち一団は特になんのリアクションもなく通り過ぎていった。

ちょっと拍子抜け……。あの会話はちょっとしたジョークだったのかしら？　もしくは考え直したとか？　実際、話してみてあたしはタイプじゃなかったとか？

……まぁ、それならそれでいいんだけど。やっぱりちょっとムカつく。

「奈々美、今日は遅番？」

あっ、この声。振り向けば親友の加代の姿。あたしはホッと息をつきながら、受付スマイルじゃなくて心からの笑顔を彼女に見せた。

「加代は真っすぐ帰るの？」

「まぁね。主婦はご飯作らないと」

「また明日」と言って、加代は軽く手を振り自動ドアをくぐっていった。加代は去年、学生時代からつき合ってる彼と結婚した。もう、それは仲良し夫婦。あたしと一緒に晩ご飯なんてなかなかできないのが寂しいけど、仕方ないよね。

そしてあたしはまた受付スマイルで「お疲れさまでした」と挨拶《あいさつ》を繰り返した。

二章　花は出会う

あたしは枯れた
『高嶺の花』。
ううん、全然『高嶺』じゃないよ。
水も太陽も
何もかも足りないの――。

更衣室で服を着替えて、

「お先に失礼します」

そう言ってカバンを肩に掛けると、「お疲れ」と声が返ってくる。

「あっ、待って。奈々美、週末コンパがあるんだけど行かない？」

うっ、コンパかぁ……。琴ちゃんはいい子なんだけど、コンパ好きなところだけはついていけない。

「あ、えっと、ごめん。用事があるし」

琴ちゃん、後ろでお局様たちが睨《にら》んでるって。あたしが行くと機嫌悪くて嫌なんだよね。ただでさえ、あたしはお局様たちに睨《にら》まれてるし、言い寄ってくる男たちに愛想良く笑うのも疲れちゃうし、コンパの何が楽しいのか全然分からない。だから、そう言ってやんわりと断ると、

「そうなの？　奈々美の彼氏、厳しいんだね」

琴ちゃんがそう言って残念そうな顔を見せるから、あたしは笑顔でごまかして「じゃあね」と更衣室を出ていった。彼氏なんていないけど、そう思ってくれてるほうが面倒がなくていいや。

でも……。毎日、会社と家の往復だけなんて、あたしは枯れた『高嶺の花』だなぁ。

あぁ、ダメダメっ！　こんなネガティブな考えを吹き飛ばしたくて頭をぶんぶん振ってみた。

――――

「ジムにでも行こ！」

体を動かしてストレス発散よ！　しかし最近、週に3回はジムに通ってる気がする……。まぁ、ほかにやることないし、家で誰かが待ってるわけでもないからいいんだけど。

いいけど……。いいんだってば！　これから出会う運命の相手のためにあたしはちゃーんと素敵な体を作って、その日に備えるのよ！　目指せ！　ボン・キュッ・ボンッ！

会社から離れたジムを選んだのは、知り合いに会う可能性が低いから。といっても、一度営業の人に会ったけど。でも結局その人は忙しくてすぐ辞めてしまったから、ここであたしに声をかけてくるのは女性のトレーナーさんくらいで安心だ。

あたしは着替えると、うーんと体を伸ばしてストレッチをしてからランニングマシーンを探した。

エアバイクとランニングマシーンは結構人気があって、空いてるのは珍しい。でも、今日は比較的来てる人が少ない水曜日。ランニングマシーンも空いている。

ピッピッピ……と、スピードを設定してスタート！

……ん？　動かない。もう一回、スタート！

「なんで⁉」

何度押しても動かないマシーン。

「なんでよ！　って、わっ‼」

バンッとパネルをたたくと、いきなり動き出すマシーン。バランスなんて簡単に崩れて
――っ倒れるっ‼

ドンッ……

どん？　あれ？　痛くない。

「大丈夫？」

「あ、はい……」

ってこの声は――っ‼　あたしは後ろから抱きかかえられるような格好で、なんとか床との激突を免れた。だけど事態は最悪なもので、ザーッと血の気の引く音さえ聞こえそう……。だって、この声――！

ゆっくり顔を上げてみる。もしかしたら声だけ似てるって可能性も……。

「あれ？　君は……」

あぁ、なんて最悪。神様の嫌がらせ？　それとも運命だとでも言いたいの⁉

「こ、こんばんは、榊さん」

ここはとりあえずいつもの『受付スマイル』で切り抜けて——。

「あぁ、その笑い方、やっぱり受付の『稲森さん』か」

ん？　何、そのチクリとくる言い方。っていうか……。

「あの、離してもらえませんか？」

まだ抱きかかえられたままで、あたしの足は床に着いてない。でも、一応助けてもらったので笑顔のままそう言うと、彼は少し考えるようなしぐさを見せてにっこり笑った。

「嫌だ」

「……はっ⁉」

「嫌だって言ったの」

「あの、意味が……」

さっぱり分かりませんけど？

「これ終わったら晩飯つき合ってくれる？」

「……はい？」

そう聞き返すと彼はやれやれといった表情を見せ、小さくため息をついた。

「だから、ひと汗かいたら」

「日本語は通じてます。でもどうして晩ご飯につき合うって話になるのかがさっぱり分かりません」

もう、笑顔は引きつってると思う。それでもなんとか作り笑顔でそう言うと、彼はあたしをストンと床に下ろした。けど、ウエストに巻き付けた腕はそのままで身動きは取れない。

「助けてもらったらお礼するって普通でしょ？」

「それは、まぁ……」

転びそうになったのを助けただけで図々しい。……いや、ちょっと待って。これってもしかしてあの賭けが生きてるってこと？　だから、わざと今も近づいて……。

「それとも彼氏と待ち合わせかな？」

「はっ？」

何？　この探るような質問はっ!?　……上等だわ。そっちがその気なら、受けて立ってやろうじゃない!!

あたしは小さく息を吸って、一度目を伏せるとゆっくりと彼を見上げ、

「いえ、今日は約束していませんから。じゃあ、１時間後に」

とびっきりの受付スマイルを見せた。すると彼も負けずに極上の甘ったるい笑顔を返し、

「じゃ、下のホールで待ってるから」

と、やっとあたしの身体を解放した。

「はぁ」

あたしは深く息を吐いて、彼の背中を睨《にら》みつけた。あたしを、そんな簡単に落とせると思うなぁ～！　逆にこっぴどくフッて笑ってやるんだから!!

あたしはもうランニングマシーンは諦めて、サウナルームへ。そこでしっかり汗をかいてシャワーを浴びて。いつもなら軽いメイクしかしないけど、今日は夜だというのに念入りにメイクを施す。

「よし、完璧」

あたしは鏡に向かってにっこり笑ってみせた。夜ということもあって、多めに塗ったグロスがなまめかしく光ってる。

「見てなさい、榊めぇ～」

あたしを賭けの対象なんかにしたことを後悔させてやるっ！

パンプスを鳴らしながらホールに行くと、彼は柱にもたれて携帯を操作してた。同棲中の彼女に『晩ご飯はいらないから』とかメールでもしてるのかしら？　もしそうなら、ホンット人として最低ね。だけど、ここからは受付スマイルで……。

「お待たせしました。榊さん」

「ん、あぁ、じゃ行こうか」

特にあわてることもなくそう言うと、彼は携帯をポケットにしまい歩き出した。

「まだ、こっちに来て日がたってないからお店とかよく分からないんだよね。おすすめってない？」

「そうですねぇ、和食とか中華とかリクエストはありますか？」

「やっぱり、和食かな。できれば家庭料理みたいなやつ。向こうではなかなか食えなかったし」

そんなの彼女に作ってもらえばいいのに。もしかして彼女は料理が上手じゃないとか？

――まっ、そんなことはどうでもいいわ。

「じゃあ、近くの小料理屋に行きましょう。カウンターだけの店ですが、結構おいしいですよ」

そう言うと彼は「任せるよ」と、またあの極上の笑みを向けた。モテるのも彼女がいるのも納得な甘～い笑顔。だからって、あたしはだまされたりしないけどね。そう思いながら、心の中で舌を出してあたしも負けずに必殺受付スマイルをお見舞い。それでも彼の笑顔が崩れることはなくて、やっぱりムカついた。

暖簾《のれん》をくぐると懐かしい匂いが鼻先をくすぐる。

「いらっしゃい」

そう声をかけてくれたのは40代半ばの女将《おかみ》さん。ここはアットホームな感じで、だからといってカジュアルでもなく居心地のよい小料理屋。昔、加代といろんなところを巡って見つけたお気に入りのお店だったりする。といっても、加代が結婚してからは来てないから、

「お久しぶりです。今日はお連れ様が違うのね」

なんて台詞《せりふ》に「彼女、結婚したからつき合ってもらえないんです」って苦笑いで返した。

「お飲み物はどうしましょう。お連れ様はビールでいいかしら？」

にこりと笑う女将《おかみ》さんに榊さんもにっこりと笑って、

「ええ、お願いします」

その声に開けられるビール瓶。あたしの前には何も言わなくてもウーロン茶が置かれた。こんな小さな配慮も嬉しかったりする。「和食が食べたい」という榊さんのリクエストに女将《おかみ》は苦笑して、「うちには和食しかないんです」ということで、料理は女将《おかみ》のお任せにした。

「これ、本当においしいですよ。あぁ、日本に帰ってきたって感じですね」

「まぁ、ありがとうございます」

隣で見ていても本当においしそうに食べるから、なんだか女将《おかみ》も嬉しそうに答えてる。

さすがエリート営業マン。褒《ほ》め方も超一流ね。だから、

「気に入っていただけてよかったです」

と、笑顔を添えてそう言ったのに。

「その笑顔、いい加減やめない？」

「はっ？」

「作り笑い。気味が悪い」

はい？　なんて言った？

『気味が悪い』？

完全にフリーズしたあたしの顔に彼の手が伸びてきたけど、反応することもできなくて
……。

ぐにっ
いきなり両頬をつままれて――

「いひゃっ」

伝わる痛みに奇妙な声を上げるのにその手は離れない。だから、

「ひょっとっ!!」

と、睨《にら》むと彼はやっとその手を離した。

「その顔のほうが１００倍いいね」

「なっ、なんなんですか！」

「今のほうが可愛いって言ってんの」

はっ？　な、何!?

『可愛い』なんて言われ慣れてるのに、カッと顔が赤くなる。目の前にはクスリと笑う彼がいて――。

「ほら、顔まで赤くしちゃって、やっぱり可愛い」

「こ、これは榊さんが頬をつねったから!!」

別にあんたに赤くなってるわけじゃないっ!!

「そういうことにしといてあげる」

「そうなんですって！」

そう言い張るあたしに彼は「はいはい」と言いながら優雅に筑前煮を口に運んだ。なんてうぬぼれの強い男かしら。まぁ、1週間で10人にアタックされれば天狗《てんぐ》になるのも分かるけど。だからってどんな女も自分になびくと思ったら大間違いよ！

鏡の前で「よしっ」と気合いを入れて化粧室から席に戻ると、彼はもう箸を置き、女将《おかみ》に入れてもらった熱いほうじ茶を飲んでいた。もちろん、女将《おかみ》にもあの笑顔を振りまいて。

その彼があたしに気づき、自然と椅子を引く。こんなところは完璧なのね、なんて心の中で毒づいても、「ありがとう」とにっこり笑うあたしは人のことを言えない。

「まだ、何かいる?」

「いえ、あたしはもう」

「じゃ、出ようか」

そう言われてレジの前に行けば、

「ほら出て、もう支払ったから」

と急《せ》かされ、あたしは財布を握ったままお店の外に。

「あ、あの」

「今日はつき合ってくれてありがと。電車?」

「あ、はい。じゃなくて!」

「俺も。駅まで一緒に行こうか」

だからっ!

「今日は俺のおごり。予想以上においしかったから」

あたしに見せる甘ったるい笑顔にこっちまで顔が緩みそうになって……、あたしはきゅっと口を閉じた。なるほど、これは『釣るまでは魚にエサを』ってことね。ちゃーんと分かってるんだから。

だから、あたしはにっこり笑って「ごちそうさまです」と言って財布をカバンの中にしまい込んだ。

「どういたしまして。ところで稲森なに？」

「はっ？」

「だからぁ」

あー、このあきれたような言い方！　分かってるわよ、何を聞きたいか！　ってか、なんで名前を教えないといけないの!?　そう思うけど、教えないなんて選択肢を選ぶことはできなくて。

「稲森奈々美です」

「俺は榊拓海《たくみ》。って知ってるか」

いえ、下の名前までは知りません。

「海外営業部に先週、配属されてね」

それは知ってます。今日、仕事中に琴ちゃんから聞きました。

それから彼は上海でのことを話していたけれど、そんなことに興味のないあたしは綺麗に上の空。

考えるのは、明日は早番だから早起きしなくちゃとか、ネイルが剥《は》げかけてるから塗り直さなきゃとか、明日のパンプスを用意しなくちゃとか……。

「……なんだけど、聞いてる？」

「あっ、えぇ、はい」

聞いてませんでした、とは言えないから持ち前の受付スマイルで見上げると、彼は心底嫌そうな顔をした。

「その顔、やめてって」

「はぁ？」

ぐにっ
「ちょ、ちょっと!!」

何すんのよ！　この男は一度ならず二度までも!!　両頬をつかむ手を振り払ってキッと睨《にら》むと、彼は「やっぱりそっちがいい」と言って薄く笑った。

……ムカつく！

「で、次の電車に乗る？」

「……乗ります」

結局、一緒に電車に揺られ、あたしはようやく最寄の駅に。

「家まで送るよ。女性が一人で夜、出歩くなんて危ないでしょ」

というオオカミ男の言葉に「タクシー乗りますから」と目の前のタクシーに飛び乗って、あたしはマンションにたどり着いた。

危ない危ない。一人のほうが全然安全だっていうの！　その手には乗らないんだから!!

三章　花のお仕事

あたしの仕事。
にっこり笑って挨拶《あいさつ》を。
お客様にはもてなしを。
これって、簡単に聞こえるけれど……
意外とそうでもないのよ？
そんなこと、みんな知らないと思ってたの。

翌朝も綺麗にメイクをして、あたしは受付でにっこり笑う。

「おはようございます」

これって本当に人形でも問題ない気がしてくる。何度も繰り返し言う挨拶《あいさつ》に返ってくる言葉も同じもの。だけど、これがあたしの仕事。ちゃんと笑って笑顔を絶やさず――

「おはよう」

ほかの声は気にならないのに、この声にだけはあたしのこめかみがピクリと反応してしまう。

「無事帰れたみたいで安心したよ」

「ここは日本ですよ？」

ちゃんと受付スマイルできてるかしら？　なんか、頬が痙攣《けいれん》しそうだわ。

「日本だって危ないよ」

一番危ないのはアンタでしょ？　と言いたいのを我慢して、

「心配してくださってありがとうございます」

そう言ってもう一度にっこり笑うと、上から小さなため息が降ってきた。

「それ、可愛くないから」

「はい？」

顔を上げるとあたしの頬に伸ばされる大きな手が――。

あ、またっ！

だから、あたしは咄嗟《とっさ》に自分の両手で頬を隠してキッと睨《にら》むと、彼は「ぷっ」と噴き出してその手で自分の口を覆ったりなんかしちゃって。

「それは可愛いよ」

「な、なんなんですか！」

「そのままの意味」

彼は笑いを噛み殺しながらそう言うと、あたしの頭をポンッとたたいて奥のエレベーターに歩いていった。本当になんなの!?　あの男は！

「ちょっと、奈々美！」

「ん!?　あぁ、何？」

制服の裾を引っ張られてやっとその声に気がつくと、琴ちゃんの爛々《らんらん》と輝く瞳が飛び込んできた。

「いつの間に榊さんと仲良くなったの？」

「……仲良く、なんてなってないよ！」

「もしかして、狙ってる？」

「狙ってません!!」

そうきっぱり言ったのに、琴ちゃんの目は輝きを失うことなく興味津々。あぁ、もう！

今日一日のスタートから最悪だわ!!


「ふーん、榊ねぇ」

加代は興味がないのか、彼の名前を口に乗せると、カフェオレをストローで啜《すす》った。

「だから、あたしがお仕置きのためにこっぴどくフッてやろうと思って――」

「やめときなって」

即座につっ込まれる加代の声に「なんで?」と返すと、大きなため息が加代の口からつかれてしまった。

「経験値が違いすぎる」

まぁ、確かに。『制服が可愛い』という理由だけで通ったのは女子高だったし、その後もエスカレーター式の女子短大。誘われてコンパなんかにも参加はしたけど、あのノリにはついていけなくてほとんど敬遠してた。というか、あたしの顔しか見てくれない『男』とつき合ったって面白くなくて、いつも加代と一緒。

そんなあたしと、彼女と同棲してるような彼とは比べようもない。

「それに、榊さんって彼女いるんでしょ? 近づかないことね」

「……向こうが勝手に近づいてきたんだって」

「興味がないならいつものようにあっさり『スマイル』でかわしなさい」

そう、いつもなら『受付スマイル』で切り抜けてこれたのに……。

「……ヤツにはそれが効かないのよ。挙げ句『気持ち悪い』って」

「何、それ？」

「ねぇ、失礼しちゃうと思わない？」

「まぁ、人の好みもそれぞれってことね」

加代の言葉に「なるほど」とうなずき、あたしはイチゴミルクをチューッと啜《すす》った。

確かに好みのタイプじゃないから『賭け』の対象になりうるわけだし、あたしの『スマイル』が気に入らないのもうなずける。

「じゃあ、あたしはどうすればいいの？」

「興味がないなら無視」

「ちょっかい出されたら？」

「ひたすら無視」

加代の声にあたしは「はーい」と答えてイチゴミルクを飲み干した。

「購買の山下さんとお約束してるのですが」

「承っております。こちらへどうぞ」

にっこり笑ってお客様を案内し、応接室にお通しすると、「あ、すみません。あとはこちらでしますので」って事務の子に言われたから、また受付に戻ろうとして――。

「すみませんっ！　私っ」

「謝らなくていい。それよりすぐに発注先に連絡して」

そんな声に思わず壁に身を隠してしまった。だって、

「榊さん、連絡しましたけどもう取り消しは無理って」

ほら、彼だ。そっと覗《のぞ》くとその先には『海外営業部』があって、なんだかバタバタ。その中心にいるのが彼だった。彼の前では女の人が泣いてて、部長は「どうするんだ⁉」ってわめき散らしてる。たぶん、彼女が何かミスしたんだろうなって感じ。

「分かった、俺がもう一度掛け合ってみる。こちらのミスだとしても先週発注で無理なんて簡単に通すな。それから――」

彼を中心にバタバタがどんどん収まっていくのが分かる。泣いてた彼女も電話を手にして歯車が回り始めて。性格が悪くても仕事はできるらしい。……なんか、

「面白くない」

そうつぶやいて、海外営業部を横切らないと乗れないエレベーターではなく、すぐ横にある非常階段を使って受付に戻ることにした。

やっと来た週末！　ネイルサロンに行って爪のお手入れ。もうすぐ夏が来るからペディキュアもやってもらおう。それだけでお休みの一日は終わってしまう。

日曜日はおうちでゴロゴロ。この日だけはメイクもしないし、ストッキングも絶対はかない。

「楽ちーん」

パックをしたままハードディスクにたまったドラマを一気に見る。……これって干物女子なのかな？　そんなことを思いながら、自分で入れたロイヤルミルクティーをコクリと飲み込む。

うん、おいしい。こんな日もないとストレスだらけでお肌に悪いもの。だから、

「ゴディバ、まだ残ってたよね？」

みんなはチョコだけどあたしはクッキーが好きだったり。

「ビスキュイ最高！」

カロリーは高いけど、週末だけのあたしのごほうび。これがあるから過酷な月曜日だって迎えられるってものよ。

朝、「おはようございます」から始まるのはいつもと変わらない。でも、月曜日はみん

なの足取りも重かったりする。なのに、いつもと変わらない歩調で近づいてくる彼。

「……お、おはようございます」

なんとなく警戒してしまうせいか笑顔も引きつりそう。それでも笑顔で言ったのに、

「クスッ、おはよう」

笑った！　今絶対笑った!!　ムカつく～!!


「失礼だと思わない!?」

今日のお昼はオレンジジュースにコンビニのお弁当。隣の加代は旦那さんとおそろいだろうお弁当をつついてため息をついた。

「もう完全に意識してるのね」

「だってムカつくんだもん」

「好きと嫌いは紙一重よ」

「嫌いはいつまでたっても嫌いでしょ」

「ずっと思い続けるなんて、ある意味純愛だわ」

「意味分かんない」

「奈々美はお子ちゃまだからね」

なんて言われて、ついでに買ってきたプリンにスプーンを突き刺した。ストレス解消に

は甘いものが一番だもの。
そんな日々を送ってれば――。

「げっ」

体重が増えちゃうのも当然で。しかも彼に会うのが嫌だからジムもサボりっぱなし。でも、さすがにこのままじゃヤバイ。食事制限もさることながら運動も……。

キョロキョロ見渡して『彼』がいないことを確認する。それからジムの受付へ。その受付の人にも「お久しぶりですね」なんて言われてしまった。

着替えてもう一度、中を見渡す。うん、いない。当然よね？　海外営業部なんて一番忙しい部署なんだからこんなところにいつも来れるはずがないもの。

ちょっと安心してランニングマシーン……、じゃなくて今日はバイクにした。ｉＰｏｄをセットしてイヤホンを耳に。正面の窓から夜景が見下ろせる。うん、気持ちいい。それからいくつかトレーニングをこなして汗をかいて。

サウナを最後に帰ろう――。

「こんばんは、稲森さん」

「きゃあ！」

かけられた声に思わず飛び跳ねると、

「ぷっ、あはは、そんな驚かなくても」

彼がいた。ってか、なんで笑ってんのよ！

「な、なんですか？」

「普通、知り合いがいたら声かけるでしょ？」

知り合いじゃありません、って言いたいところだけどここは大人の対応を。

「あたし、もう帰るんで。失礼します」

ムッとしたままそう言って立ち去ろうとしたのに、

「俺も。だから一緒に晩飯なんてどう？」

なんて言葉に「はい？」と思わず立ち止まってしまった。

「なんで⁉」

「ちょうど会ったから」

「意味がっ」

「分からない？　なら分かるまで話そうか」

にこりと甘い笑顔。そんなのあたしに振りまいても効きませんよーだ！　心の中でべーっと舌を出して、

「彼女に怒られますよ？」

あたしも負けずににっこりと笑い返してみた。この台詞《せりふ》でちょっとくらい良心が痛めばいいのに！　そう思うと、

「そんな彼女はいないから」

なんて返ってきた。嘘つき！　こいつには良心のかけらもないらしい。

「あぁ、でも君の彼氏が怒るなら遠慮しようかな」

「そうしてください。失礼します」

なんとか笑顔のままその場を切り抜けたけど……ムカつく！　めちゃくちゃムカつく!!

そのせいか、サウナに入ったらどんどん頭に熱が上がっていって、いつもの半分くらいの時間で部屋を出た。それから服を着替えて軽くメイクして、外に出ると風が冷たくてちょっと気持ちが落ち着いて、小さく息をつくと――

「お迎えがあるのかな？」

「ひゃあ！」

突然の声にヘンテコなあたしの悲鳴。誰に笑われても仕方ないけど、なんでアンタが笑うのよ！

「ご、ごめんっ、くっ……、あははっ」

「……いえ」

そう思うなら早くそのムカつく笑いを止めてよね。

「で、お迎え？」

笑いを噛み殺しながら言われると殺意しか覚えない。

「……自力で家に帰れます」

「それはそうだろうね」

イライラする。今夜は絶対パックして寝なきゃ。

「じゃ、夕飯も帰ってから？」

「そうですけど」

なんなのよ！　もうっ!!

「今からだと遅くなるね」

「あのっ！」

「美容に悪いらしいよ？」

「はい？」

「夜、遅くに食べるのは」

「……」

そんなことは誰より知ってる。けど、いったん家に帰ってからご飯を食べてまたジムに、なんて面倒だし、仕方ないでしょ？　そもそもなんでアンタにそんなこと――！

「だから今から一緒にどう？」

「はい？」

「おごるから」

「……いいです。前もおごってもらったし、榊さんにおごってもらう理由なんて」

「なら、君がおごって」

「――はい!?」

驚くあたしに対して目の前の榊さんはにっこりととろけそうな笑顔。

「メニューは君に任せるから」

これでおあいこでしょ？　なんて言われたらなんて断ればいいんですか？　先生。

これが営業の手口なんでしょうか？　だとしたらかなり悪質で彼は素晴らしい営業マンだと思う。結局、あたしは榊さんと向かい合ってイタリアンのお店にいたりするんだから。

「パスタ、好きなんだ」

「ええ、まぁ」

嫌いな人なんて見たことないです、って言ってやりたいのを我慢して、冷たいお水でおなかに流し込む。

ここは結構穴場で、でもリーズナブルなお店。だってあたしのおごりなんだもの。ＯＬの財布はいつだってさみしんぼさんだっていうのに。

「お待たせいたしました」

運ばれてきたのは定番のカルボナーラと、フルーツトマトとモッツァレラチーズのアンチョビバターソースなんて長ったらしい名前のパスタ。ここのいいところは、リーズナブルでもちゃんと前菜とパンがついてるところ。

「このバゲット、美味《うま》いな」

なんて言葉にニヤリと笑いたくなってくる。別にあたしが勝ったわけでもなんでもないんだけど。にしても、

「このソースもいいね」

うん、おいしそう。あぁ、相手が加代ならちょっとちょうだいって言えるのに。どうしても『冒険』のできないあたしはいつも同じものしか注文できない。もちろん、カルボナーラもおいしいけどね。

「食べる?」

「えっ?」

フォークを持ったまま顔を上げたあたしに彼はクスリと笑って、

「取り皿もらえるかな」

なんて店員に頼んだ。そして、小さなお皿に自分のものをよそって。

「はい、どうぞ」

目の前にコトリと置かれると「……ありがと」しか言えなかった。こうなると、あたしのもあげなきゃいけないわけで。「よかったら」ってお返しするとやっぱり「ありがとう」って返ってきた。こだまでしょうか？　なんて言ってる場合じゃない。

　こんなのまるでカレカノみたいじゃない？　変だよね？　そう思うんだけど、

「やっぱり、カルボナーラはリングイネよりフェットチーネのほうが美味《うま》いよな？」

「あ、そう思います！」

　思わず相づちなんて打っちゃった。だって、本当にそう思うんだもん。

「ソースが濃厚ならなおさら」

「はい！　で、ベーコンは厚めで」

「いいね、それ。この間行ったデパ地下にベーコンのブロックが置いてあってね……」

　思わず会話が弾んでしまった。これが『営業』の手だって分かってるのに。うん、ちゃんと分かってるから大丈夫だよね？

「デザートは何がいい？」

「えっ？」

「食べるでしょ？」

「あ、いえ……」

　こんな時間に甘いものなんて食べたら――。ってすでにガッツリ高カロリーなパスタを

食べてる時点でアウトなんだけど、さらにデザートなんてダメ押しじゃない？　ここはグッと我慢を。そう思うのに、

「こんな時でもないと本格的なティラミスなんて食べれないから、つき合って」

「はい？」

「男一人でティラミスなんておかしいでしょ」

うん、おかしい。

「俺は甘いものが好きでね、特に好きなのはこれ。いつもはコンビニなんだけど、たまにはね。これはおごるから」

そう言われるとやっぱり断り切れなくて。


目の前にはティラミスとメロンのジェラート。せめてもの抵抗でジェラートにしてカロリーダウンを狙ってみたんだけど。

「いる？」

「……いえ」

「あげる」

「……ありがとうございます」

差し出されればやっぱり食べてしまう。ティラミスはすんごく甘くて、おいしかった。

あたしは紅茶。榊さんはコーヒー。甘いものが好きなくせにコーヒーはブラックなんて矛盾してる。あ、もしかしてこれも演技とか？　だって、一人でティラミスが食べれないなんておかしいもの。彼女と一緒に来ればいいんだし。彼女は甘党じゃないとか？　いや、そもそもあたしにティラミスを食べさせる意味が分からない。別にティラミスは特別好きってわけじゃないし、もちろん嫌いってわけでもない。一体、なんのために――？

「稲森さん？」

「――あ、はい！」

色々考えてたら、席を立った彼のことなんてすっかり忘れてた。

「帰ろうか。駅まででいいんだっけ？」

「あ、もちろん！」

立ち上がって、伝票を……？　あれ、ない。

「もう支払った」

「はい？」

「ティラミスがあまりにおいしかったから、俺のおごり」

「はい!?　そんなっ、いいです！　払います!!」

急いでカバンから財布を取り出そうとしたけど、

「どうしてもって言うなら、今度おごって」

「……」

そう言われて、なんだかんだでまたおごってもらってしまった。これって、『撒《ま》き餌《え》』ってやつなのかしら？


「そういえば、こっちでは今頃やってるんだな、グリム童話の映画」

彼が話してるのは車内吊《づ》りの映画の広告。

「いえ、まだですよ。たぶん来週末からかと」

「そう、向こうではもうやってたな」

やっぱり同じ電車に揺られて、どうでもいい話をしてる。

「見たんですか？」

「いや、そんな時間はなくてね。最後に見たのはなんだったかな？　ひどいイギリス英語で聞き取りにくかったのだけ覚えてるな」

「あ、上海だから字幕が……」

中国語。だから、聞き取るしかないわけで。でも、彼は海外営業部だから英語ペラペラが当たり前。って、自慢？　ちょっと、ムカつ――

「君も字幕いらないでしょ？」

「えっ？」

「この前、流暢《りゅうちょう》な英語を話してたね」

「……ありがとうございます」

そう答えると、「なんでお礼言うの？」なんてクスクス笑われた。まぁ、そうなんだけど、ちょっと嬉しいというかなんというか。

「そういえば、いま人気のラブコメ映画もすごいイギリス英語ですよね」

「そうだった？」

「はい！　それに――」

なぜだか分からないけど、電車を降りるまでずっとくだらないことを話してた。


「で、結局おごってもらって、さらに一緒に帰ったのね」

「……一緒にっていっても駅までだし。だって、本当にお金なかったからお店出てすぐにタクシーなんて長距離を乗れないし」

次の日のお昼休憩。加代はあたしの隣でため息をつきながら牛乳を啜《すす》ってた。あきれられる理由も分かってる。でも、

「だって断れないんだもん。やっぱり、営業だから口がうまいんだよ。でもでも！　あたしは別に危害を加えられてないっていうか、むしろおごってもらっちゃってるし！」

「で、また『おごったんだからつき合って』って言われたら断れずについていくんだ？」

「……次はちゃんと断ります」

「ま、別にいいけど」

「断るってば！」

「泣くようなことにならないようにね」

「口も利かないから！」

「それは無理でしょ」

「……はい」

うん、受付にいる限りは無理。でも、

「泣くとか、そんなことには絶対ならないもん」

「はいはい」

「本当よ？」

「あ、休憩終わりだわ」

「加代ってば！」

そんなこと、絶対ならない自信があるもの。

だって、あたしは彼が『大嫌い』なんだから！

その日は榊さんを見ることはなかった。うん、ストレスのない一日。なのに、「ビスキュイ、食べちゃおうかな」

どうしても甘いものが欲しくて、目に入ったビスキュイがどうしても食べたくて、「1枚だけ」と決めてその日のニュースを見ながらかじった。


新しい朝を迎えると、あたしは「おはようございます」という挨拶《あいさつ》と笑顔を振りまく。今日は金曜日。週末というのはなぜか朝から浮き足立った印象を与える。

「おはようございます、後藤《ごとう》部長」

「やぁ、おはよう。そうそう、今日は『東栄物産』の常務が来る予定なんだ。ここまで出迎えに来るから連絡頼むよ」

「かしこまりました」

あたしが『受付スマイル』で応対すると後藤部長はにへらと笑い、あたしの肩をポンポンと2回たたいて、もう一度「頼んだよ」と言うとエレベーターに向かっていった。っていうか、それ、セクハラですから。微笑みながら心の中でそうつぶやいて舌を出すあたしの脇を、隣の琴ちゃんがツンツンつつく。

「何？」

「さっきの東栄物産の仕事、榊さんが取ってきたんだって。なんでも上海支社にいる時に向こうの常務に気に入られたとかで」

「へぇ」とあたしが感心したのは『榊』さんにではなく、そんな情報をいつの間にか仕入れている琴ちゃんの情報通に。だけど、琴ちゃんは「すごいよね」と『榊』さんを称えるような言葉を続けた。

「噂《うわさ》ではその常務の娘さんとつき合ってるとかって」

「それが同棲の相手？」

「うーん、たぶん。ほかにも上海には現地妻がいるとか、色々噂《うわさ》はあるからどうかな？」

結局どれも噂《うわさ》で確証のあるものはなく、分かったのは『榊』さんは『女』が何人いてもおかしくない人なんだってことだけ。

「なるほど」

そうつぶやく加代にあたしは琴ちゃんのように「すごいよね」と感嘆の声を上げた。

「まぁ、モテるのはよく分かったわ。あたしも一回旅費精算に来た時見たけど、あのスマイルは悩殺ものね」

それは認める。でも賛同はしたくなくて、ブスッとした表情で今日も甘ったるいイチゴミルクをチューッと啜《すす》ると、加代は少しふくれたあたしの頬をつつきながらこう言った。

「まっ、それが分かってるならますます近づかないようにね」

「近づいてませんって」

あれからジムでも慎重に、絶対いないのを確かめるようにしてるし、しかも行くのは早番の時だけって決めた。だから昨日は真っすぐ家に帰ったし、今日は遅番だったから出社時にも会ってない。ほら、全然近づいてない……、てか、見てもない。

「珍しく奈々美が興味持ってそうだから、釘刺してるの」

「……これは全部琴ちゃんの情報なんだって」

恨《うら》めしそうにそう言うと加代は「ハイハイ」と返事をするから、あたしは手の中にあるコンビニ袋をクシャッと丸めた。


お昼から受付に座るのは拷問《ごうもん》に近い。特に2時から3時は睡魔との戦い。あたしはただひたすらあくびを嚙み殺し、来社するお客様に愛想を振りまく。

「東栄物産の高橋《たかはし》という者ですが、海外営業部の後藤部長にお取り次ぎ願いたい」

そう言ったのは優しそうな笑顔をたたえた『紳士』という言葉がぴったりなお客様。

「はい、高橋様ですね。承っております。少々お待ちください」

今朝の言葉を思い出し、あたしはすぐさま内線の電話を取った。長いコールの末、やっとつながりあたしが来客を告げると、返ってきたのは苛立《いらだ》たしげな後藤部長の声。

『あぁ、今まだミーティング中なんだ。すぐに終わるから第一応接室にお通しして』

それだけ言うと一方的に切られた内線。心の中でムッとしながらもあたしはお客様に笑顔を向ける。だって、朝は「出迎えに来る」と言っていたほど大事なお客様だ。そんな後藤部長につられてあたしも不機嫌に、なんて大人げないことはしない。

「後藤より応接室にておくつろぎくださるようにとのことですので、こちらへどうぞ」

あたしは受付を琴ちゃんに任せてお客様を応接室に案内した。

帰り際に海外営業部を覗《のぞ》くと、何やら後藤部長は苦い顔を浮かべ、その周りには他の営業たち。その真ん中には『榊』さん。一応、ノックしてドアを開ける。

「高橋様を応接室にお通ししましたので」

それだけ伝えて軽く会釈《えしゃく》。でもミーティングはまだ終わりそうにない雰囲気。だからあたしは気を利かせて、お客様にコーヒーを出し、軽い世間話をして受付に戻ってきた。うん、我ながら完璧な対応よね？

「お疲れ」

琴ちゃんのそんな声に「ありがと」と小さく返し、また受付に座った。

小一時間ほどした頃、エレベーターから先ほどのお客様が姿を現した。あたしたちは立ち上がり、いつもの『受付スマイル』でお見送り……、のはずなのに。

「稲森君っ、君の耳は一体どうなってるんだ!?」

「はっ?」

いきなり声を荒らげドスドスと近づいてくる後藤部長。

一体なんの話……?

『特別応接室』にお通ししてと連絡しただろ?　それを『第一応接室』だなんてっ!!

おかげで私は高橋常務をお待たせした上に、あんな部屋で恥をかいたぞっ」

えっ?　嘘っ!?　だって、あの時電話で——

そう言おうとしたあたしの袖を引っ張り、琴ちゃんが小さく首を振る。分かってる。こういう時は……。あたしはギュッと唇を噛みしめて、部長とその後に続いて歩いてくる高橋常務に深々と頭を下げた。

「——申し訳、ありませんでした」

隣で琴ちゃんも同じように頭を下げてくれている。ごめん、琴ちゃん——。

「本当に申し訳ありませんでした。全く最近の若い娘はろくに人の話も聞いてない。あんな小さなお部屋に常務をお通しするなんて、途中で気づいてもいいだろうに」

「いえいえ、そんな気を使わないでください。仕事の話をしに来たのですから」

後藤部長の「全く受付は顔だけで」という媚《こ》びへつらうような声と、優しい高橋常務の声があたしの頭の上で飛び交う。

あたしは絶対間違えてない。でも、ここでそれを言うことが許されないのを知ってるから、あたしは両手でスカートをギュッと握ったまま頭を下げ続けた。

高橋常務はお帰りになり、あたしと琴ちゃんはやっと頭を上げた。見えたのはかなり不機嫌な後藤部長の顔と海外営業部の面々……。

「全く、子供の使いもまともにできんのか？」

そこにいる全員の視線があたしに向けられた。とても冷たく、見下すようなたくさんの視線。ここであたしが何を言ったって誰も信じてくれないのが分かっているから、あたしは何も言わず、俯《うつむ》いて唇を強く噛みしめた。

絶対、泣かない。これはあたしの意地だ。だって、あたしは間違えてないんだからっ！

「まぁ、受付なんて誰にでもできるような仕事じゃ、この重要さが理解できないか！」

ほとんどの人たちがその意見に賛同するのは分かってる。でも、誰にでもできるような仕事じゃないっ！　それに、今日のお客様だけじゃなく、すべてのお客様が大事だって分かってる。ちゃんと顔を覚えて、言葉も選んで毎日笑って――。

「全く、この商談はアジアに我が社をアピールする絶好の機会だというのにこんな失態を」

「後藤部長、あなたははっきりと『第一応接室』とおっしゃいましたよ」

えっ？

部長の台詞《せりふ》を遮《さえぎ》る声に、俯《うつむ》いていた顔を思わず上げてしまった。だって……。

「――榊、今なんて？」

顔をこわばらせながら唖然《あぜん》とする後藤部長に、彼はあたしに対する時のようにやれやれといった感じで息をつくと、また唇を動かした。

「だから、あなたははっきりと電話で『第一応接室』と言いました。だから俺が高橋常務を見つけることができたんです」

そうきっぱりとした口調で言い切ると、周りの同僚たちの顔に動揺の色が走った。だって、一社員が部長に対してこんな口の利き方って――。

「それに、高橋常務は見てくれなんかで判断する方ではありません。そんなことでこの商談が駄目になるはずがない。なったとしたら、それは彼女のせいではなく我々の営業手腕によるものでしょう」

そこまで一気に言い切ると、後藤部長の顔はみるみるゆで上がっていって……。

「じゃあ、うまくいかなかったらおまえのせいだなっ、榊！」

そう憤慨する後藤部長に彼はいつもの甘ったるい笑顔を見せた。

「そうですね、うまくいっても俺のせいですけど」

そんな彼に後藤部長は「勝手にしろっ」と捨て台詞《ぜりふ》を吐いてエレベーターに乗り込んでしまった。静まり返るフロア。誰もが青ざめた表情を浮かべる中、彼だけがあの甘くとろけそうな笑顔を浮かべて近づいてきた。

「悪かったね。お客の前ではこんな言い争いできないから」

あたしはなんのリアクションもできなくてただ小さく首を振ると、彼はクスリと笑い、同僚たちを振り返った。

「いつまでそこに突っ立ってんの。戻んぞ」

そう彼が言うと、スイッチの入った人形のように海外営業部の人たちは「あっ、そう、だな」とか口々に言いながら榊さんの後を歩いていった。

まるで台風一過。ガランとしたロビーに馬鹿みたいに立ったままのあたしと琴ちゃん。

「……カッコいい」

そんなつぶやきに隣を見ると、ハートマークの目をした琴ちゃん。でも、反論する要素なんてどこにもなくて……、思わずあたしも「うん」と答えてしまった。

それっくらい、榊さんはすごかった。

悔しいけれど……。

四章　花には水を

花には水が必要なんです。
咲く花も、
水がなければ、
枯れてしまう——。

仕事が終わり更衣室に戻ると、さっきの榊さんの話で持ちきり。もちろん、その中心にいるのは……、

「で、榊さん、なんて言ったの？　琴ちゃん」

「あのね、『うまくいっても俺のせいです』って‼」

そう琴ちゃんが言うと「きゃー」と上がる黄色い声。

「あのセクハラ部長にそこまで言えるなんて最高ね！」

「あーあたしもその場面見たかった～」

「でも、そんなこと言って大丈夫なの？　あの部長、結構陰険だし」

その台詞《せりふ》にあたしの心臓はドクンッと音を立てた。そうよ、だってこのまま済むはずがない。きっと、左遷とか降格とか……。あの部長ならやりかねない、かも――？　そんな考えに背筋をゾクリとさせ顔を上げると、みんなの中心で琴ちゃんはにこりと笑う。

「大丈夫だって。東栄物産の常務とはかなり仲イイみたい。噂《うわさ》ではその娘さんとつき合ってるんだって」

「あぁ、だから強気に出られるのね」

そんな噂《うわさ》話にあたしも思わず「あぁ」って声を漏《も》らしちゃった。部長の話からしても、東栄物産との取引はすごく大切みたいだったし。でも、やっぱり心配は心配で……。

「と、いうわけで、今日コンパ行こうか？　奈々美！」

いきなり目の前にニカッと笑顔で現れた琴ちゃん。

「な、なんで!?」

そう言って後ずさりするあたしの腕を琴ちゃんはグッと握って、

「だって、榊さんにお礼言わないと。奈々美をかばって言ってくれたんだよ？」

それはごもっともな意見なんだけど、それと今日のコンパと一体なんの関係が……？

目を丸くするあたしにやっぱり琴ちゃんはにっこり笑う。

「今日のコンパは『海外営業部』となんで～す」

琴ちゃん、あなたの笑顔は素敵なんだけど……、後ろの視線が痛いんだって――!!


「珍しいわね、稲森さんがコンパに来るなんて」

「ホント、彼氏に怒られるんじゃない？」

なんてトゲトゲしい言葉にあたしは引きつりそうな笑顔で、

「あ、えぇっと、人数合わせに琴ちゃんに頼まれて……。でもすぐ帰りますからっ」

『仕方なく』というのを強調してそう言えば、お局、もとい、お姉様たちは「そう」とつぶやいてあたしから視線を外してくれた。あぁ、だから来たくなかったのに。そう思ってももう遅い。

琴ちゃんに連れられて来たのはちょっとおしゃれな居酒屋で、

「ほら、こっちこっち！　すみませーん、遅くなりましたぁ」

個室のドアを開けるなり、テンションの高い琴ちゃんの声に中から「待ってたよ」「やっと来たか」と声が返ってくる。そして、

「じゃーん、今日は奈々美も一緒でーす」

「えっ？」

いきなり腕を引っ張られて一歩前に出ると、瞬間、静まり返る室内。みんなが固まる空間で引きつりそうになりながら、あたしはいつもの『受付スマイル』で「こんにちは」と、もう夜なのに意味不明な言葉を口にしてた。

すると、「……マジ？」という声を皮切りに、

「スッゲー、本物っ!?」

「ラッキー!!」

なんて声にあたしは笑顔を張り付けたまま立ち尽くす。だって背中に痛いほどの視線を感じるから……。

「ほら、座って」

琴ちゃんに勧められるまま座り、そっと顔を上げた。確かに相手は全員『海外営業部』で、その中にはもちろん……。

「今日の榊さん、すっごくカッコよかったです！」

琴ちゃんの声に、

「そんなこと。今日は本当に嫌な思いをさせたね」

なんて彼はあの甘くとろけそうな笑顔を振りまいてた。

「飲み物、何にする？」

いつの間にか隣にいた男性社員に聞かれ、あたしはにっこり笑って、

「ウーロン茶で」

って言ったのに彼は、

「またまたぁ」

とおどけるように言って、勝手にディタオレンジだかなんだかを頼んでた。アルコール、苦手なんだけどなぁ……。テーブルの上にはビールとかチューハイとかドカドカと置かれていって、

「それじゃ、乾杯」

そんな声で『海外営業部』との合コンが始まった。

「彼氏いるの？」

「社内じゃないよね？」

「年上？」

「つき合ってどれくらいなの？」

入れ替わり立ち替わり両サイドに座る男性社員からの質問に、「はい」とか「まぁ」とか「内緒です」って笑顔を添えて適当に返すこと1時間。

はぁ、いい加減頬の筋肉が引きつりそう。あたし、何しに来たんだっけ？

そう思いながら顔を上げるとお姉様方に囲まれた榊さんの姿に、あたしは小さくため息をつきたくなった。お礼なんて言えるような状況じゃないのはお互い様。琴ちゃんですら榊さんから遠ざけられてる。

……コンパなんて全然楽しくない。だから、あたしはにっこり笑って背中のカバンを持ち上げた。

「すみません、ちょっと……」

そう言って必殺『受付スマイル』を振りまけば、男性社員たちはほんのり赤い顔のまま「ど、どうぞ」「早く帰ってきてね」とか言いながらあたしに道を作ってくれた。

「つ、疲れた」

鏡の中の自分は心底疲れた顔で、見るのも嫌になるくらい。

「帰ろ」

そうつぶやいて携帯を取り出して。会費は払ってるからこのまま帰っても問題ないけど、とりあえず琴ちゃんには連絡をしないとダメだよね。短いメールを作り送信ボタンを押すと、解放感にあたしは大きく息をついた。それからリップだけ軽く塗って、そっと化粧室のドアを開ける。廊下に誰もいないのを確認して、素早く出口に——

「帰るの？」

「ひゃっ！」

突然の声に体は3センチほど浮いたかもしれない。あわてて振り返ると、そこにいた榊さんは一瞬固まって、だけどすぐに噴き出して口元を押さえ笑い始めたから、もしかしたら5センチだったかも……。

「あ、あのっ」

なかなか笑い終わらない彼に多少苛《いら》つきながらそう言うと、「ごめんごめん」と言いながら髪をかき上げ、ふわりと笑った。

「で、帰るの？」

「……っ、はい、ちょっと用事が」

うっ……、不覚にも一瞬見とれてしまった。それでもなんとか『受付スマイル』で対応すると、今まで笑顔だった彼の顔が途端に不機嫌にゆがんでいく。なんなの？

「まるで造花だね」

「はっ？」

「その笑顔、いい加減疲れない？」

アルコールが入っていたせいもあったんだと思う。あたしの頬に彼の腕が伸びてくるのが見えていたのに動けなくて——。

チュッ

「へっ？」

ぼやける視界がはっきりしてくると、見えたのは榊さんの笑う顔。

「その顔は可愛いよ」

どの顔？　ってか、今何したの？

「じゃあ、帰ろうか」

「——ちょ、ちょっと、今何を!!」

そう叫ぶと彼は、

「キス」

と、短く答えてニヤリと笑った。

きす、……

キス——!?

「なっ、なんで——っ」

「し——っ」

唇に人差し指を押し当てて、あたりを見渡すから、あたしもあわてて自分の口元を押さえて。

「見つかるでしょ。ほら」

彼はそう言ってあたしの腕をつかんで引っ張っていく。

そのまま引きずられるように店を出ると、少しだけ冷たい空気が頬をなでていった。なんとなく空を見上げれば、太陽のようなまぶしさを放つ大きな月。その光に照らされた彼の顔は優しく微笑んでて……。

「何？」

「な、なんでもないです」

あわてて目をそらしたけど、……もう手遅れだったと思う。

「悪かった」

「えっ？」

何言って――？

「悔しかったろ？　そういう顔してた」

「……」

さっきのことだって分かった。そっと見上げると彼の顔にもう笑みはなくて、その瞳は真っすぐあたしに向けられてた。それはとても優しいまなざしで。本当は、『そんなことないです』って言わなきゃいけないところなのに、あたしは言葉をのみ込んでしまった。

だって、

「君は間違ってなんかない」

「……はい」

この言葉があの時もすごく嬉しくてたまらなかった。

「高橋常務は君を気の利く社員だと褒《ほ》めてたよ」

きっと彼からすればなんでもない言葉。でも受付の仕事をやってて言われる言葉は「綺麗だね」とか「可愛いね」とかそんなものばかりで、こんなふうに褒《ほ》められることは初めてで……。

普段飲み慣れないお酒を飲んだせいなんだと思う。彼の手を振り払って帰らなきゃって思うのに、身体が動いてくれない。それどころか視界だって勝手ににじんできて。

「俺、変なこと言った？」

「……いいえ」

小さく首を振って視線を下に落とした。こんな顔、隠したいのに、片手にはバッグを持っててもう片方の手は彼につかまれたままで……。だから隠すこともできなくて地面ばかり見ていると、アスファルトに水玉模様が増えていった。

「……泣いてるのか？」

違うって言いたいのに、勝手に溢《あふ》れる涙が止まらない。ぼやける視界に入ってくる大きな手。それがゆっくりとあたしに近づいて、あごを捉えるとぐいっと引き上げた。

ぽっかり浮かぶ満月がゆらゆら揺れる。その光の中で、彼の甘くとろけそうな笑顔がぼんやり見えた。

たぶん、あたしはお礼を言うべきなんだ。だけど、何かが喉《のど》をふさいで声が出ない。うん、口にするともっと涙がこぼれちゃいそうで——。

「泣いていい、よく我慢したな」

ダムが決壊したんだと思う。悲しいわけじゃないのに、なんでこんなにも涙は出てくるんだろう？　彼の大きな手があたしの腕を離して後頭部に添えられる。その手でそのまま抱き寄せられて、トンッと彼の胸にあたしの額がぶつかった。大きな手が何度もあたしの頭をなでてくれる。それが優しくて、温かくて……。

道端で子供のように泣きじゃくることしかできないあたし。涙は地面に落ちることなく彼のスーツに吸い込まれていく。

「偉かった」

まるで子供をあやすように何度も繰り返される彼の言葉が、あたしの中に染み込んでいった。

五章　花は萎《しお》れて

温かい手、

厚い胸板、

甘くとろけそうな笑顔。

だけど、

あたしは絶対に、だまされたりしない――！

――ど、どうしよう。

こんなに泣いたのなんて久しぶりで、しかも男の人の腕の中なんて……。どれくらい時間がたったのか、調べたくてもあたしはまだ彼の腕の中で頭をなでられていて身動きがとれない。というか動きたくない。

この手があまりにも優しくて。だけど、いつまでもこのままでいるわけにもいかなくて、モゾッと体を動かせば、上からクスリと笑いが落ちてきた。

「やっと泣きやんだか」

その声に顔を上げたくても無理。メイクは絶対落ちてるし、絶対目は腫《は》れてるもの!!

「ほらっ、行くぞ。すぐそこだから」

「えっ？　ちょ、ちょっとどこへっ」

腕の中から解放されてホッとしたのもつかの間。彼はまた腕をつかんで、あたしを引きずるように歩き始めて――。

「俺んち」

「――――はぁ!?」

驚いて顔を上げるあたしに、彼はぷっと噴き出して笑い始めた。

「その顔で電車乗る気？　タクシーだって乗車拒否しそうだな」

「なっ、何!?　……あぁ!!」

だって、絶対マスカラは落ちてパンダ目だし!!　だから顔を隠したいのに両手はふさがって。咄嗟《とっさ》に彼の手を振りほどこうとしたら逆にギュッと強く握られてしまった。

「ふらふらすんな、迷子になるぞ」

「なりませんって」

変に子供扱いするからムキになってそう言うと、彼はあの甘ったるい笑顔を見せて止まった。

結構新しめのマンションの前で。

「ほら、ここ。入って」

「い、いえっ、いいですって」

そんなあたしの声は完全に無視して、オートロックのドアをすり抜けてエレベーターに。そして――

「何か飲む?　あぁ、その前に洗面台はその奥だから」

「いえ、その……」

……来ちゃった。いや、正確には連れてこられたんだけど。玄関で立ち尽くすあたしに声をかけると、彼はさっさとリビングでくつろぎ始めた。

まぁ、たぶんこの顔じゃ電車にも乗れないけど。タクシーも……危ういかな。

だからあたしは仕方なく「お邪魔します」と小さく言ってパンプスを脱いだ。それから真っすぐに洗面台へ。

「ひゃっ」

あまりにひどい顔に思わず声を上げるほど。腫《は》れた目はどうしようもないとして、せめてメイクだけでも……。そう思って急いで直してマシな顔に仕上げて、あたしはやっと小さく息をついた。

そっと覗《のぞ》いたリビングには大きなテレビとソファだけ。その奥にドアがあるから、向こうはたぶん寝室。おそらくこの家は１ＬＤＫ。一人暮らしには十分な広さ。

「あ、あの……」

リビングの入り口まで行ってそう声をかけると、彼は缶ビール片手に顔だけこっちに向けた。あの甘い笑顔を見せながら。

「だいぶマシになったな」

そう言うと缶をテーブルに置いて立ち上がった。もうスーツは着てなくて、ネクタイもほどかれシャツは２つほどボタンを外されて――。

「か、帰りますっ！」

この状況はマズイッ！　いくら経験値の低いあたしでも分かるほどの状況。だから急いで玄関に向かって足を踏み出したのに――。

「彼氏に怒られるから？」

「――っ」

腕は簡単につかまれて、2歩目は足が動かなかった。そして見透かしたような台詞《せりふ》にムッとして見上げると、クスリと笑う彼。だからあたしはギュッと一度唇を結んで彼を見返した。

「榊さんも彼女いるんじゃないんですか？」

そうはっきりとした口調で言って……、自分で気がついた。

『どこに？』

だって、琴ちゃん情報では同棲してるって……。でもこの部屋にはどこを見渡しても女の人はいなくて、その片鱗《へんりん》すら見えない。

洗面台にも歯ブラシは1つだったし、部屋の中のインテリアは必要最低限のものばかり。それどころか、廊下にはダンボールが積み重ねられたままで、キッチンはどう見ても使われてるようには見えなくて……。キョロキョロ部屋を見渡していると落ちてきた榊さんのクスクス笑う声に、はっとして視線を合わせた。

「彼氏、いないだろ」

いきなり図星をつかれてビクリと身体が震えてしまう。ちゃんと「いますっ」て答えたいのに、喉《のど》から声が出てこない。

「いないなら俺にしとけよ」

甘くとろけそうな笑顔。それを至近距離で見せられると、もう身動きなんてとれなくて……。

ゆっくりとぼやけてくる視界。重なる唇は見た目以上に柔らかくて、熱っぽい。壊れ物を扱うかのように触れてくる彼の唇。息をするのも忘れそうになるけど、震える身体を抱きとめられてやっと小さく息をついた。

薄く開けたまぶたから見えるのはあの甘く優しい笑顔。視線が絡むとほどくことができなくて、見上げたままでいるとまた甘い唇が落ちてきた。少し離れてた分、ちょっとだけ冷たい彼の唇。

『じゃ、賭けてみるか？』

何を？

『俺が落とす。簡単だろ？』

誰を？

『そういうの、ますます萌えるね』

「――――やっ!!」

あたしは力いっぱい両手を彼の胸に突っ張って、よろめきながらも一歩離れた。

頭がクラクラする。背中にトンッと冷たい壁。それがあたしの思考をはっきりとさせてくれた。

「――彼女が、いるくせにっ！」

あたしは賭けの対象で、ただの興味本位。

「アンタなんて――」

彼が今どんな顔をしてるかなんて分からない。『受付スマイル』ができないから、隠すように顔を伏せた。

何より、今、この顔を見られたくないから俯《うつむ》いたまま――。

「大っ嫌い!!」

あたしはそう叫ぶと同時に駆け出した。パンプスをつま先に引っかけて、転びそうになりながらエレベーターに乗り込んで。

「おい、待てって――」

そんな声が聞こえたけど、急いでボタンを押してドアを閉めた。すると彼の声は綺麗に聞こえなくなって、
涙が、溢《あふ》れてきた――。


電車になんて乗れるはずもない。だからって歩いて帰るのは無理で。

あたしは通りかかったタクシーに飛び乗った。運転手さんが不思議そうにミラーを何度も見てたけど、そんなのはもうどうでもいい。

だって、涙が止まらない。

自分の部屋に帰っても何もする気が起きなくて、一晩で一生分の涙を流したんじゃないかと思うくらい泣いた。

もう、涙腺が弱くなってたんだと思う。お昼の事件からストレスだってたまって、飲み慣れないアルコールも後押ししたのかな。だから彼の言葉に変に感動しちゃって。

でもそれはあたしが『賭け』の対象だからなのに。馬鹿なあたし。一人で勘違いして、その気になってた。違うのに。彼の優しさもあの笑顔も、全部全部『嘘』なのに――。


泣いて泣いて、外が明るくなってきた頃には頭が痛くて動くこともできなかった。

今日が土曜日でよかった。こんな顔じゃ会社になんて行けないから。ううん、もしも会社でも休んでたと思う。だからってずーっと泣き続けることはできなくて、涙が乾いた頬が引きつる。目の下はこすりすぎたのか少しヒリヒリするくらい。

「サイテー……」

あの男もだけど、そんなヤツのために泣いてたあたしはもっとだ。鏡に映る自分の顔を見る勇気はなくて、そのままバスルームに行って熱いお湯を頭から浴びた。

馬鹿すぎる。そういう男だって分かってたのに。加代にも近づかないようにって言われたのに。ちゃんと分かってたつもりなのに。

「――大丈夫だって」

全部全部、洗い流してしまえばいい。

こんなに疲れてるのに、こんなにストレスがたまってるのに、とっておきのビスキュイを食べる気にはならない。紅茶もジュースも欲しくなくて、口にしたのはただの水。

「ちゃんと大っ嫌いって言ったじゃん……」

そう、あたしはちゃんとフッたんだ。もっとスマートにフるつもりだったのに、もっと大人ぶってフるつもりだったのに。

キスは……、雰囲気に、アルコールに流されただけ。別に好きなわけじゃない。

大っ嫌い。あんなヤツは、大っ嫌い――――。

月曜日は遅番。だからあたしはいつもの笑顔でここに座ることができる。社員はもうほとんど出社した後で、あたしが出迎えるのはお客様ばかりだから。

「ねぇ、あの後どうなったの?」

琴ちゃんの目は興味津々。聞きたいことなんて分かってるけど……。

「何が?」

そう返すと、琴ちゃんはにんまり笑ってあたしの腕を肘《ひじ》で小突いた。

「またぁ、コンパの後！　榊さんと一緒だったんでしょ？」

その名前を聞くだけであたしの笑顔が崩れそうになる。

「……違うよ。本当に用事があって」

「えっ？　そうなの？」

意外そうに驚く琴ちゃんになんとかいつもの笑顔を見せて「うん」とうなずくと、「なーんだ、つまんない」と言ってそれ以上は聞いてこなかった。


お昼はいつものように屋上で。

「奈々美、なんかあった？」

「えっ？」

驚いて顔を上げると、加代の心配そうな顔が目の前に迫っていた。

「な、んで？」

詰まりながらそう言うと、加代は小さくため息をついてあたしの頭を小突いた。

「ボーッとしてるから。その目は『恋する乙女』ね」

そう言って加代はからかうように笑ったけど、あたしはうまく笑えなくてチューッとイチゴミルクを飲み込んだ。

「否定しないんだ」

楽しそうに肩をつつく彼女にあたしはなんとか笑顔を作る。否定なんてできるはずがない。だけど、

「もう終わった。彼女がいる人だもん」

本当はもっと複雑。『同棲』じゃなかったけど『彼女』の存在を否定しなかったのも事実。それ以前に、あたしはただの『賭け』の対象で——。

「……そう、なの？」

申し訳なさそうな加代の声に小さくうなずく。

「あ、もちろんあたしがフッたんだからね？」

強気でそう言うと加代も「はいはい」と言いながら苦笑して……。

いつから好きだったんだろう？　最初は本当に嫌いだったはずなのに。

ここからここまでって線引きはできないけど、あたしの恋はたった一晩で終わったんだ。

「また、いい男が現れるわよ」

「……どこに住んでるの？」

そう質問すると、加代はあたしの頭を「よしよし」と優しくなでてくれた。

六章
枯れた花

あたしはあれから泣いてない。
きっとあたしの涙は、
枯れたんだと思う。

あたしが受付にいる限り、ずっと彼に会わないなんて無理なこと。でも、用事がなければあたしはにっこり笑って挨拶《あいさつ》するだけ。だから、今日もあたしは『受付スマイル』でここに座る。もちろん、彼が来ても――。

「おはようございます」

「……おはよう」

彼は何か言いたそうに近づいてくるけどあたしは構わず、後から来る社員に笑顔を向けてまた「おはようございます」と繰り返す。そんなあたしの態度に彼は小さく息をつくと、奥のエレベーターに歩いていった。

「ねぇ、榊さん、なんか用事があるんじゃない？」

小声で話す琴ちゃんにあたしは「まさかぁ」と笑って返す。

「受付になんの用事があるのよ」

「そうじゃなくて……」

「ほら、引田《ひきた》部長が来たよ」

まだ何か聞きたそうな琴ちゃんの言葉を遮《さえぎ》って、あたしはまた『受付スマイル』を顔に張り付け挨拶《あいさつ》を繰り返した。

「おはよう、稲森さん今夜は――」

「おはようございます、川本《かわもと》さん。残念ながら空いてないです」

にっこり笑ってそう答えれば、川本さんは笑いながらチェッと舌を鳴らしてエレベーターへ。いつもと変わらない朝。変わらない業務。変わらない毎日。

あたしはあれから泣いてない。きっとあたしの涙は枯れたんだと思う。何かがすっぽり抜け落ちたような感覚。こんなの『失恋』のうちにも入らないのにね……。


それから数日後の午後、受付にいらしたのはあの時の高橋常務だった。

「こんにちは、海外営業部の榊君をお願いしたいのだけど」

「榊、ですか？」

その名前に思わず聞き返したあたし。だけど高橋常務は「アポはあるから」とにっこり笑ってくださった。あたしはゴクリと生唾《なまつば》をのんで「少々お待ちください」と言って内線電話をかける。コール音が耳に聞こえるだけでドキドキする。あの日以来、挨拶《あいさつ》しかしていない。視線を合わせることすら怖くて……。

『はい、榊です』

ドキンと飛び跳ねる心臓。

「あっ、あの、東栄物産の高橋常務がお見えです」

少しうわずった声にしまったと思いながらもあたしは彼の返事を待った。

『そう、第一応接室にお通しして。すぐに行くから』

彼の声は冷静で……。当たり前だ。ここは会社で、今は就業時間中なんだから――。彼の声にあたしはなんとか小さな声で「はい」と言うと受話器を置いた。一度小さく息をついて笑顔を作って顔を上げる。

「応接室へご案内いたします。すぐに榊も参りますので」

そう言うと高橋常務は「お願いするよ」と、またにっこり笑ってくれた。部屋にお通しして、コーヒーを用意する。たぶん、榊さん1人を指名だったから2つでいいよね？

……あぁ、こんな簡単なことも確認してなかったなんて馬鹿すぎる。

ドアを小さくノックして、「失礼します」と中をうかがえば、やっぱり見える人は2人で、ホッと息をつく。応接室の中ではもう榊さんと高橋常務の楽しそうな声。そしてあの甘い笑顔が見える。

あたしは敢えてそれを見ないように視線をそらしながらコーヒーをテーブルに置いた。

「君が稲森さん？」

いきなりの高橋常務の声に「はい」と答えると、常務は「そうか」と言って笑うだけ。なんの確認なのか分からず首をかしげると、隣からクスリと笑う声。

「あ、あの……？」

「いや、なんでもない。コーヒーありがとう、もう下がっていいから」

向けられる甘い笑顔にカッとのぼせそうになって——。

「し、失礼しましたっ」

あわてて頭を下げて、あたしは逃げるように応接室のドアを閉めた。

「……ダメじゃん」

できてない。ちゃんと笑って接客して、軽い会話とていねいな挨拶《あいさつ》。どれもできてない。あたしは小さく息をついてトボトボと受付に戻った。

「奈々美、何か言われた？」

前のことを気にしてる琴ちゃんに小さく頭を振って「大丈夫」と答える。

たぶん榊さんの言った通り、高橋常務は『特別』とか『第一』なんて言葉を気にするような人じゃないと思う。でも、なんであたしの名前を確認したんだろう？　対応がイマイチだったとか？　変な顔してた、とか？　前回のことでなんかあったのかな……？

考えても答えの出ない疑問に、あたしはまた小さく首を振って琴ちゃんの隣に座った。


しばらくすると高橋常務が1人でエレベーターから降りてきて、あたしと琴ちゃんは立ち上がり頭を下げる。

「あぁ、そうだ」

突然足を止めた常務にあたしと琴ちゃんは思わず顔を上げた。

「稲森さん、今回は残念だが仕方ないかな。あと、コーヒーありがとう」

それだけ言うと高橋常務は颯爽《さっそう》とロビーを抜け、表のタクシーに乗ってしまった。

「……残念って？」

小さく聞いてくる琴ちゃんの声に返せる言葉なんて、

「分かんないよ……」

これしかない。一体、どういう――？　訳の分からないまま高橋常務のタクシーを見送っていると、

♪～～～♪～～～

「わっ！」

「何⁉」

突然鳴り始めた内線に2人で肩を震わせた。

「はいっ」

あわててあたしが受話器を取ると、聞こえてくるのはクスリと笑うあの声。

『ちょっと、ここまで来てくれる？』

「えっ？」

すると『はぁ』というため息の後に『だから第一応接室まで急いで来て』とあきれたような声が聞こえてくるとプツッと切れてしまった。

七章　花開く条件

あたしに必要なのは、
甘い水と、
温かい太陽と、
しっかりとした大地。
その全部が揃わないと、
花は咲かないのです。

「……何？」

心配そうに覗《のぞ》き込んでくる琴ちゃんの声にはっとして、あたしはやっと持ったままの受話器をゆっくりと戻した。

「榊さんが、応接室に来いって……」

「なんで？」

「分かんないよ……」

そう言うと琴ちゃんが「もしかして」と難しい表情を見せるから、あたしも心配になって身構えてしまった。

「ほらっ、さっき高橋常務が『残念だ』って。それって商談がポシャったとか！」

「――えぇ!?」

「だって、ほかに考えられないじゃん！　奈々美なんかやったの!?」

「なっ、何も――っ」

やってない！　それがダメなの!?　さっきの接客がちゃんとできなかったから？　そんなことで!?

「早く行って謝ったほうがいいよっ、早く!!」

「う、うん」

あたしは琴ちゃんに背中を押されてエレベーターへ。もう心臓はバクバクで、通り過ぎる人に挨拶《あいさつ》すらできなくて、ただ真っすぐに第一応接室を目指した。そして第一応接室の前で荒い息を少し整えて、震える手をギュッと握った。それから恐る恐るドアをノック――。

「どうぞ」

聞こえてきたのはもちろん、彼の声。震える手でドアノブに手をかけて、その重苦しいドアを開けた。

部屋の中では彼が一人、会議室の長いテーブルに腰掛けてた。後ろから少し傾いた日が入って陰になった彼の表情は全然分からない。

後藤部長やほかの人がいなくてホッとする半面、彼の顔を見るのが怖くて、あたしはドアの閉まる音を聞くとすぐさま頭を下げた。

「――すみませんでしたっ」

ほかに言葉なんて見つからない。どんなにあたしが頭を下げてもどうにもならないことだと知ってるけど、ほかにできることもないから――。

「……何が？」

「だ、だから、さっきの……、高橋常務が『残念だ』って……、そのあたしのせいで」

もう、何をどう言っていいのか分からないけど。頭を下げたままなんとかそう言うと、彼がテーブルから下りて近づいてくる足音が応接室に響いた。

「あぁ、あの話ね。そうだね、それに関しては君のせいかな」

見える床に彼の革靴が止まる。やっぱりうまくいかなかったんだ。後藤部長だってこれは会社にとって大きな提携話だって言ってたのに！

「責任、取ってくれる？」

「――っ！」

責任って？　思わず上げた視線に入ってくるのは、あの甘くとろけそうな笑顔で――。

「まぁ、もともと受ける気はなかったし、なんといっても相手は高校生だからね。高橋常務も冗談半分だったとは思うけど」

「……はい？」

業務提携の話、よね？　『高校生』ってなんのこと？　『冗談半分』？

「……あの」

「君のせいで光源氏になり損ねたみたいだ」

全然話が見えない。

「責任、取れよ」

見えるのは大きな手。それがあたしの頬に伸びてきて……。

「朝は避けられるし、帰りは時間が合わない。ジムに行っても君の姿はなくて困ったよ」

いつもの甘い笑顔はなんだか困ってるみたいにはにかんで、頬に触れる手が、温かい。

「好きなんだ」

誰が？　誰を？　そんなの……、あたしの耳がおかしいの？

「――嘘」

思わずそうつぶやいたあたしに彼はさらに困ったような表情を見せた。だって、嘘だよ。そう、だって、

『俺が落とす――』

これは……、

「そんなに賭けに勝ちたい？」

そう言った瞬間、あたしの頬にあった手が震えて、彼の顔がこわばるのが分かった。ほら、そういうことなんだよ。

「何を言って――」

「聞いたんだからっ、あたしを落とせるか賭けてるんでしょ!?　こんなのっ――」

好きだという言葉を一瞬でも『嬉しい』と思ってしまったあたしは、なんて馬鹿なんだろう？　こんなやつに惹《ひ》かれてるなんて、いまだに、好きだなんて……。

「それって、俺のことが好きってこと？」

そう言われて体が震えた。『違う』って言いたいのに、言わなきゃいけないのに。今、何かを口にしたらこぼれそうな涙。だからあたしは彼の手を思い切り払って、唇をギュッ

と噛みしめて彼に背を向けた。

絶対、泣かない。そんな顔見せたくないから。だから、早くこんな部屋から出て――。

急いで部屋を出ようとドアに手を伸ばすと、強い力で反対の腕をつかまれてガクンと視界がブレる。

「――やっ、はな、してっ」

「答えるまで離さない」

どんなに振り払ってもその手は離れてくれなくて、そんなことしてたら勝手に涙がこぼれちゃって……。だからあたしは涙をぬぐうこともできずに、キッと彼を睨《にら》み上げた。

「嫌いよ、大嫌いっ！　みんなに賭けに勝ったって勝手に自慢すれば⁉　アンタなんてっ」

「拓海でいい」

ふわりと温かい腕があたしの身体を覆うと、こぼれる涙は彼のシャツに吸い込まれていく。

「あん時の話、聞いてたのか」

ギュッと抱きしめられてうなずくこともできないあたしは、なんとかその腕をほどこうと身をよじるけど、男の力にかなうはずもなくて……。

「あれはその場の雰囲気というか……、いや、悪かった。口実が欲しかっただけなんだ」

「……口実？」

「そう、君に近づくための」

「……嘘」

「嘘じゃない。ああでも言わないと君の通うジムだってあいつらから聞き出せないだろ？」

ジム？　あれって、偶然じゃなくて――？　でも、

「彼女がいるって――」

琴ちゃんが言ってた。同棲してるとか、現地妻がいる、とか……。

彼の言葉なんて無視しちゃえばいいのに、耳は勝手に聞き入れてしまう。

「それはお互い様だろ。そう言ったほうが余計な虫が来なくて楽なんだよ」

だからあたしも同じように嘘をついて、彼氏持ちのフリをして……、でも――。

「……同棲してるって」

「いたか？　俺の部屋に」

いなかった。思い出したのは、その片鱗《へんりん》すら見えないほどにシンプルな彼の部屋。あたしが小さく首を振ると、彼はホッとしたように甘ったるい笑顔を見せた。

「よかった。これで誤解は解けたかな？」

「……でも、『現地妻』がいるって」

そう聞くと彼は「なんだよ、それ」って噴き出すように笑った。

誤解？　そうなの？

「もう泣くな、悪かった」

大きな手があたしの涙をぬぐっていく。温かい手。にじんだ視界がはっきりすると、見えるのは今までになく甘くとろけそうな彼の笑顔。

「で、今のは『好きだ』って意味でいいのかな？」

「――あ、えっ？」

……言った。全然、素直な言い方じゃないけど。さっきのあたしの台詞《せりふ》、思い出すだけで頬がカーッと赤くなっていく。すると、クスリと笑う声が頭の上から降ってきて、

「今日は一緒に帰ろう。何時上がり？」

「……7時」

「待ってる」

「……うん」

なんだろう、これ。一緒に帰るって、どういう――？

「賭けなんて、どうでもいいけど」

そんな言葉にビクリとあたしの肩が震えた。それが分かったのか、彼の腕が優しくあたしを包んでくれる。

「自慢はしたいかな。『俺の彼女は稲森奈々美だ』って」

「――はっ？　や、ちょっと、えっ？　彼女!?」

見上げて目をパチクリさせるあたしに、彼の顔が拗《す》ねるような表情に変化していった。

「ダメなのか？　うち、社内恋愛は禁止じゃなかったと思うけど」

「そ、そうだけど」

そこじゃなくてっ。

「じゃ、問題ないな」

優しく頬を包む大きな手。甘ったるい笑顔のまま近づいてくるから、あたしの視界には彼しか見えなくて。

「俺のこと、好きだって言えよ」

触れる柔らかい唇。まるで花の蜜《みつ》のようなふんわり広がる甘いキス。

「奈々美」

耳元でささやかれる声に身体の奥がジンと熱くなるのを感じる。

「言えよ」

まるで呪文。

「――好きぃ」

誘われるまま口から言葉は飛び出して、

「馬鹿、もう泣くな」

また落ちてくるキスで、何かが入ってきてあたしを満たしていく。乾いたあたしを潤していくように……。

「泣きやんだか？」

涙は止まった、けど……。絶対、メイクが落ちてる。って――

「あぁ――!!　ご、ごめんっ!!」

「声がデカイ」

あたしの口は大きな手にふさがれて。いやっ、そんなことよりも――

「あぁ、これか」

彼もあたしの視線に気がついて、それに視線を落とした。そう、彼のシャツ。ファンデにチーク、黒いのはたぶんマスカラ……。

「気にしなくていい」

「やっ、だって！」

まだ就業時間なわけで、オフィスに戻らなくちゃいけないのに――。

「ジャケット着れば見えないさ」

クスリと笑う声に顔を上げると、大きな手があたしの頭をなでてくれる。

「俺より奈々美のほうが問題だな」

あたし……？

「――あぁ！」

「しっ」

唇に人差し指を当てるしぐさにあわてて自分の口を両手でふさいだ。そうだ！　こんなにシャツにメイクが付いてるってことは……。口を覆った手でそのまま顔全体を覆う。

ど、どうしよ!?　だからってここに終業時間まで隠れてるわけにもいかない。

「更衣室でいいか？」

「えっ？」

顔を手で覆ったまま見上げるとクスリと笑われて。

「俺が前を歩くから、後ろをついて歩けば見られないだろ？」

「……た、たぶん」

そう答えると彼はフッと笑って、椅子に掛けていたジャケットを羽織った。彼がそっとドアを開けて、外をうかがう。それからあたしを手招きして、「来いよ、誰もいないから」って言うから一緒に会議室を出て、彼の後ろを歩いた。

……なんか、変な感じ。ってか、榊さんの後ろを俯《うつむ》いて歩いてたら誰か誤解とかしないかな？　ほら、あたしが榊さんに泣かされたとか……。うん、間違ってないけど。でも、変な噂《うわさ》とか立ったら困るよね？　だからってどうしようもないけど。ここは誰にも会わないように祈ることしか――、

「わっぷ」

「……何やってんの？」

「す、すみません」

全然、前なんて見てなかった。立ち止まった彼の背中に思いっきりぶつかって、鼻の頭を押さえるあたしに落ちてきたのはクスリと笑う彼の声。少しムッとして見上げれば、返されるのは甘い笑顔。

「そんな顔も可愛いけどね」

「――っ！」

からかってる！　絶対にからかってる!!

「早くメイク直して戻ったほうがいい」

「あ」

そうだ！　今、受付は琴ちゃん一人に任せっきりで――。

「もう一人の子には俺がうまく言っとくから」

「えっ？」

トンッと背中を押されて、

「夕方、待ってる」

なんて声に振り返ると、彼は背中を向けたまま右手を軽く上げて歩いていった。その後ろ姿にすら見とれてしまう。

『カッコいいよね』

今なら、琴ちゃんの意見に素直にうなずけるよ――。

それから急いでメイクを直した。けど、
これだけは直しようがない。でも、受付に戻らないわけにはいかなくて――。

「目、赤い……」

「ごめんね、ちょっと色々あって」

ごまかすように笑いながら受付に戻ったのに、琴ちゃんは、

「大丈夫？　タバコの灰が目に入ったんだって？　あぁ、まだ赤いね」

なんて心配そうに覗《のぞ》き込んで。

「――あ、うん。もう大丈夫だから」

ドキリとしながらも、あたしはなんとかそう返した。うまい嘘。

「ってかさ、『片づけ手伝わせてごめん』ってわざわざ電話してくるなんて、やっぱりほかの営業と違うよね」

「……うん」

「あぁ！　やっぱりカッコいい!!」

「……うん」

本当にそう思う。

「ん？　奈々美？」

「えっ？　あ、ほらお客様だよ！」

あたしは赤くなりかけた顔を隠すように琴ちゃんから顔をそらし思いっきり頭を下げた。

窓から入る陽は傾いてオレンジ色に変わっていく。今日は7時で上がり。カチッと時計の針が動くたびに心臓の鼓動が速まっていくみたい。

「奈々美、上がっていいよ」

「あ、うん」

琴ちゃんの声になんとか平静を保って返事をしてみた。なんだか足がふわふわする。頭に響くのはあたしの心音。とりあえず、更衣室に戻って服を着替えて――

「あれ？」

ワンピースのファスナーを上げて気がつく。

『待ってる』

そう言われたけれど、どこで？　あたしが上がる時間しか言ってないし、待ち合わせ場所なんて聞いてない。彼の携帯番号なんて知らないから確認もできないし……。

「……内線？」

そうつぶやいてブンブンと首を振る。そんなことに内線なんて使えないよ！　ほかの人が出る可能性だってあるんだし！　なら、どうすればいいの――？

……もしかして、からかわれた？

そう、かもしれない。だって彼はすんごくモテて、どう考えたってあたしより経験豊富。

『タバコの灰が目に――』

嘘だってあんなに上手につけて……。今頃、同僚に言いふらしてるかも。

『高嶺の花なんて簡単に落とせたよ』

なんて――。……あ、やだ。泣きたくなってきた。帰ろ。早く帰ってメイクを落として――。あたしはロッカーからカバンを乱暴に取り出して、

「失礼します」

と、誰に向かって言うでもなくそう口にして更衣室を飛び出した。

だって、普通『つき合う』ってことになったら、すぐに携帯とか教えるんじゃない？　彼は経験だって豊富で、つき合ってた彼女なんてたくさんいて……、それを忘れるなんてきっとありえない。だから、聞かなかったってことは――。

「――きゃっ！」

いきなり腕をつかまれて崩れるバランス。エレベーター横、非常階段のドアの陰に引っ張られて、倒れる――っ。そう思ったのに、

「なんて顔してんの？」

ドンッとあたしの身体がぶつかったのは、

「……榊、さん？」

彼の胸だった。唖然《あぜん》として見上げるあたしに彼の笑顔が降ってくる。

「間に合ってよかった。一緒に帰ろうと言っておきながら待ち合わせ場所も言ってなかったし、さっき受付に電話したら『今、帰りました』って言われて焦ったよ」

「……えっ？」

驚いて声を上げるあたしに榊さんは少し不思議そうに顔をゆがめて、

「もしかして、一人で帰るつもりだったのか？」

「……だって、約束なんて曖昧《あいまい》だったし、携帯も知らないし、それに」

「悪かった」

後ろからギュッと抱きしめられる。

「あん時は嬉しさのあまりテンパッてて……、だから、泣くな」

よく見ると、彼の額にはうっすらと汗が浮かんでて、それが余計にあたしの胸をギュッて締めつけた。それからその場で携帯の番号を赤外線で送ってもらって。

「まだ、ＰＣ落としてないんだ。すぐに行くから待ってて」

✧⁂✧ 七章　花開く条件

そう言われて。

あたしは今、会社近くのスタバで待ってたりする。携帯をテーブルに置いて。こんな店に入ってオレンジジュースっておかしいけど、ストローをくわえて携帯の液晶画面とにらめっこ。……なんだかドキドキする。鳴るんだよね？

無駄に電話帳を開いては『榊拓海』の名前を確認してしまう。番号もメアドもばっちり載ってる。彼の名前はまだグループ分けしていない。だって『会社』の中に入れればいいの？

でも、それはなんだか違う気がするし、だからって『友達』でもない。……うん、違う。なら——

「ひゃっ！」

突然震え出すあたしの携帯。あわてて手に取ってボタンを押して——。

「メール、だ」

もちろん相手は、『榊拓海』。開くと、

『今、会社を出たけど。どこにいる？』

絵文字も何もないメッセージ。男の人ってこんなもの？　バクバクしてた心臓も少し落ち着いて、

『お疲れさまです。今、駅前のスタバです』

って打ってみた。……なんだか、業務連絡みたい。でも、デコメとか絵文字はなんとなく使えないし、いいよね？　少し、不安だけどそのまま返信してみた。

「はぁ」

息をついて携帯を閉じる。会社からここまで歩いて5分。もうすぐ、彼が来る——。

「待ちぼうけ？」

「きゃっ！」

突然かけられた声に思いっきり驚いて、

「あぁ、ごめん。いきなり」

見上げたそこには全然知らない顔があった。

「……あの？」

職業柄、人の顔を覚えるのは得意なほうだと思う。だけどその人の顔は全然見たことなくて——、

「いや、待ち人来たらずって感じだったから。暇になったなら一緒にご飯でもどう？」

「……いえ、結構です」

ナンパだ。

「いいじゃん、暇でしょ？」

「約束があるんで」

「それ、断られたからため息ついてたんでしょ？」

「違いますってば」

いつもならもっとうまくあしらうのに。

「君のように可愛い人を袖にするなんてね」

「されてませんっ！」

こんな相手にムキになっちゃダメだって知ってるのに――。

「ほら、ストローに噛み跡がついてる」

「……？」

意味が……？

「これって欲求不満って知ってた？」

「――っ!!」

カーッと熱くなる顔。目の前のチャラいスーツ姿の彼はニィッと笑って、

「俺が解消してあげようか？」

彼の手があたしの腕をつかむと――、

「――やっ」

「必要ない」

降ってくる声とともに男の手は払われた。

「悪い。遅くなったね」

にっこり笑う榊さんの手によって。

「……い、いえ」

ってか、メールくれた時、会社だったんだよね？　あれから数分。遅いというより、早いくらい。

「行こうか」

腕をつかまれて店を出ると「はぁ」とあきれたようなため息が落ちてきた。

「社内にいると思ってたのに」

「えっ？　あ、だって――」

失礼しますって言っちゃったし、社内で待ち合わせってみんなに見られちゃうし、一応気を使ってみたんだけど……。

「ごめん」

「えっ？」

その声に隣を見るとアッシュブラウンの髪をクシャッとかき上げて、少しあきれたように笑う榊さん。

「俺が悪いのにな。ナンパされてるの見て少し焦った」

「……」

髪をかき上げた額に汗が見える。だよね。だって、会社からメールくれたのにここに来るのすごく早かったもの。

「……はい」

そう言ってあたしがハンカチを差し出すと、榊さんははにかむように笑って、

「カッコ悪いな」

なんて言いながら受け取った。

「そんなこと……」

ないのに。まるで童話の王子様みたいだったのに。っていうコメントは恥ずかしいからのみ込んだ。

「さて、何が食べたい？」

「食べ？」

「……もしかして本当に『一緒に帰る』だけだと思ったとか？」

「――やっ、だって！」

そんなの聞いてないしっていうか、そういうのって暗黙の了解だったりするの!?　少しからかうような榊さんの口調に、ムッとして見上げれば彼は笑顔で。

「いいね、その顔」

「はっ？」

そんなこと言われたらもう怒れないよ。

「もちろん、俺だけにね」

榊さんはズルい。

「もっと色んな顔を見せて」

「……」

「受付の笑顔より100倍いい」


ちょっと拗《す》ねるように「どこでもいいです」って答えると、連れていかれたのは小さな居酒屋だった。

新しいってわけじゃないけど綺麗に手入れの行き届いたお店。従業員は夫婦らしき年老いたおじさんとおばさんだけ。お店の客もお一人様のサラリーマンとかが多くて――。

「こういうのよりフレンチとかイタリアンがいい？」

そんな声に首を振る。すると榊さんはにっこり笑って「よかった」と口にした。でも、

「意外です。こういうのが好きなんて」

絶対、彼女をおしゃれなお店とかに連れていくタイプだと思ってた。ドラマに出てくるような、薄暗くて雰囲気があって――

「奈々美の俺に対するイメージってどういうのなんだろうな」

「えっ？」

「たぶん、奈々美が思うより俺は普通の男だよ」

「……」

「奈々美が『高嶺の花』なんかじゃないように」

確かにあたしは『高嶺の花』なんかじゃない。だけど、榊さんはやっぱりカッコいいです。とは言えないから、あたしは小さく「いただきます」と言って、出された小鉢をつついてみた。

料理は……、おいしかったと思う。でも、この後のことが気になって——

「……って、聞いてる？」

「えっ？　あ、はいっ！」

会話だって上の空。

「何か気になる？」

「いっ、いえっ！」

思いっきり首を振る。だって、聞けないじゃない？『この後、どうするんですか？』なんて！　ドラマとかだと、『ホテル、取ってるんだけど』っていうのが普通？　でも、アレってしょせん『ドラマ』だよね？　あ、榊さんは一人暮らしだからホテルなんて必要ない？　いや、そもそもいきなりそんな関係!?　あ、でも、そういえば、あたし一度榊さんの部屋に入ったわけだし。それなら、今から榊さんちに行くとか⁉ でも、前とは状況が違うわけで……。

「顔、赤いよ」

「――えっ⁉ あ、えっと」

そんな言葉に思わず両手で頬を覆うと、「ぷっ」といきなり噴き出して、

「あははっ、分かった！ 奈々美が考えてること」

「はっ？ ちょ、何が」

焦るあたしを見て、榊さんは「ごめん」なんて言いながら笑いを噛み殺した。

「大丈夫」

「……」

「つき合って初日に襲ったりしないから」

「――っ、そ、そんなんじゃっ！」

そうなんだけど、当たってるけどっ！ これって自意識過剰⁉ 恥ずかしくて顔を上げられないあたしの上に、ポンポンと大きな手が降ってくる。

「でも、家までは送るよ」

心配だからね、と言って見せられた笑顔にあたしの顔が一層赤くなっていくのを感じた。支払いは当然のように榊さんが出してくれた。お店を出て払おうとしたけれど、

「いいって、今度奈々美がおごって」

と言うだけ。簡単に言われる『今度』って言葉になんとなく頬の筋肉が緩んじゃう。

「じゃ、家まで送るよ。タクシーでもひろおうか」

「あ、いえ駅までで。ここからなら――」

電車に乗ったほうが早い。ここは榊さんちの近くで、駅まで歩いて10分ほどだから。なのに、「あのね」とため息とともにつぶやかれる声。

「駅からはタクシーでしょ？　今までも駅で別れた後、俺がどれだけ心配したと思う？」

「あ、いえ、でも歩いて5分ほどだし」

そう答えるともっと深いため息が聞こえた。

「……分かった。俺んち来て」

「はっ!?」

驚くあたしに榊さんはあきれたように笑って、「車で送るから」と言い切ってしまった。

「やっ、本当にっ」

「大丈夫、アルコールは飲んでないから」

「知ってます！　そうじゃなくてっ」

「送りオオカミにはならないよ」

「――ちっ、違いますってば！」

そう叫ぶあたしに榊さんは「ほら」とあたしの手を引いた。とても自然な感じで手をつないで隣を歩く。心なしか榊さんの歩幅は小さくて、あたしに合わせてるんだって気がつくとそれがまた嬉しかったりする。

「上がる？」

「えっ⁉」

気がつけば、もう榊さんのマンションの前。

「あっ、あのっ、えと」

「――ぷっ」

うわずったあたしの声に噴き出すように笑う榊さん。

「……からかったんですね？」

拗《す》ねるあたしに「ごめん」と言いながらも、榊さんの顔は笑ったまま。仕方ないじゃない？　恋愛経験が乏しいんだもの。こういう時、どう対応すればスマートな女性かなんて
――

「んっ！」

「これで許して」

「な、な、なんでっ⁉」

いきなりのキス。なのに榊さんは「ん？」と笑顔を浮かべたまま。

「唇突き出してるからキスしてほしいのかと思って」

「ち、違いますっ！」

「じゃ、俺がしたかったから。あんまり可愛くて」

「――っ」

絶対あたしをからかって遊んでる！　それが分かってるのに、顔が赤くなるのはどうしようもなくて。

「コーヒーくらい入れようかって思ったんだけど？」

「……」

「まだ怒ってる？」

「……いえ」

「絶対、襲わないから」

「――もうっ！」

頬をふくらませるあたしにもう一度キスをした。

結局また手を引かれて、気がついたらあたしは榊さんちのソファに座ってる。

「砂糖とミルクは？」

「えっ、あ、いる！　いります！」

うわずった声で返すと彼はクスリと笑い、カップを2つ持ってあたしの隣に座った。ってか、近いっ、近いって!! ちょっと動くと腕が触れそうな距離で沈黙が耳に痛い……。うっ、何か話題を――。そうだ！

「あ、あのっ、高橋常務との提携の話はっ」

少し離れながらそう言うと、彼はフッと笑い、あたしの前にスティックシュガーとポーションタイプのミルクを置いてくれた。

「俺を誰だと思ってんの？」

……だよね。そうだと思った。

ほかの人だとムカつくような台詞《せりふ》でも榊さんなら許される気がする。そしてその台詞《せりふ》にホッとしながらも、笑顔で近づいてくる彼にあたしはまた少し離れて座った。彼は何も入れないブラックコーヒー。あたしはブラックなんて飲めないから、砂糖を入れてミルクも入れて。

「い、いただきます」

「どうぞ」

本当はコーヒーって苦手。だけど出されたものに口をつけないなんて失礼なことはできないから、コクリと一口、口に含んだ。

――うっ、やっぱり苦い。

「ん？　やっぱりインスタントは嫌いだった？」

「いえっ、そうじゃなくてっ」

あわてて首を振るあたしに榊さんは「何？」と覗《のぞ》き込んでくる。ちっ、近いってば！

「なんでもっ」

そう言ってまたコーヒーを飲もうとすると、

「無理はしなくていい」

あたしの手からカップは奪われてしまった。

「やっ、無理とかじゃ」

「もしかして、コーヒーは苦手とか？」

「――っ」

「でも、あの時確か缶コーヒー買ってたよね？」

「あ、あれはっ」

あの時っていうのは初めて榊さんを見た日。あれはカッコつけただけで……本当に欲しかったのはイチゴミルク。とは今さら言えずにいるあたしに榊さんはクスリと笑った。

「何が好き？」

「えっ？」

「下の自販機で買ってきてあげる」

「やっ、もうお水で！」

立ち上がろうとする榊さんにそう言うと、彼は大きな手であたしの頭をポンッとたたき、

「水が好きならその銘柄は？」

「はっ？」

「奈々美の好きなものを知りたい。何が好き？」

「……」

たぶん、ここはダージリンとかおしゃれな飲み物を答えるべきなんだと思う。だけど、あたしの口は考えるより先に、

「イチゴミルク」

なんて答えてしまった。その答えに「ん？」と首をかしげる榊さんを見て、「あっ、違っ、えっとミルクティー！」とあわてて答えたけど覆水《ふくすい》は盆に返らないわけで。

「いいよ。イチゴミルクね」

そう言って笑う榊さんにあたしは恥ずかしくて俯《うつむ》いてしまった。絶対子供だって思われたよね？


榊さんが部屋から出ていって、あたしはため息を漏《も》らした。テーブルの上には飲みかけのコーヒー。もう一度口をつけてみるけど、

「……苦い」

せっかく入れてくれたのに。でも――、覚えてたんだ、あの時のこと。しかもあたしがコーヒーを買ったことまで。

『男、知らないだろ？』

あ、嫌なこと思い出した。あの時は大嫌いだったのに、今あたしは榊さんちのソファで彼を待ってるなんて変な感じ。そういえば、あたしが榊さんに会ったのはあの日が初めてだった。なのに、

『妙にガードは固いし、慣れてるようでスレてない』

この台詞《せりふ》、変、だよね？　あたしが忘れてるにしたって、榊さんはあの日の1週間前に日本に帰ってきたばかりだし、あたしはその日から風邪で休んでたわけで……。

「はい」

「ひゃあ！」

頬に触れる冷たいものに悲鳴を上げたら、

「ごめん、自販機になくてコンビニまで行ってた」

そう言って笑う榊さんがイチゴミルク片手に立ってた。

「そ、んな！　なんでもよかったのに」

「いいから飲んで」

手渡されたイチゴミルクは汗をかいて、冷たい。ドサッと隣に座る榊さん。彼は冷めたコーヒーを一気に飲み干して小さく息をついた。

気になる……。けど、どうやって聞けばいいの？

『どうして男を知らないって思ったんですか？』

なんて聞けないいっ！　じゃあ、

『いつからあたしのこと好きなんですか？』

って、これも無理っ！

「奈々美？」

「――は、はいっ！」

マズッ！　思いっきり自分の世界に浸ってた！

「どうかした？」

「な、なんでもっ！」

小さく首を振り、急いでイチゴミルクにストローを挿《さ》してズーッと吸い込む。だけど、

「何？」

隣から詰め寄る榊さん。

「ほ、本当になんでも」

顔が近いってば！

「本当に？」

念押しする声にあたしはコクコクとうなずく。

「コンビニまで行ってもらって悪いなって思っただけでっ」

そう言うと榊さんは少し考えるように視線をあたしからそらして、それからまたあたしに向けるとにこりと微笑んだ。

「なら、ごほうびもらっていい？」

「ふえっ？」

驚くあたしに落ちてきたのは、

「――んっ」

コーヒー味のほろ苦いキス。

「甘っ」

唇を離して榊さんが顔をゆがめてそう言うから、

「……苦いです」

そう答えると榊さんは「そっか」って笑ってた。もう一度落ちてくるキスに思わず瞳を閉じてしまう。何度も繰り返される触れるだけのキス。それだけでもあたしの頭はクラクラしちゃうのに、背中に腕が回されて――

「――んっ、お、そわないって」

言ったのに。かろうじて残った理性でそう訴えるあたしにクスッと笑い声が聞こえた。

「オオカミは嘘つきなんだよ」

そして、またキス。優しくて、柔らかくて……、このまま流されそうになる。

だけど――、

「だめぇ……」

だってだって――

「初めてだから？」

そんな声にあたしの心臓が大きくブレた。

「――あ、えと」

否定しなきゃ！　焦って言葉を探すけど、見つからなくて。

「……本当に？」

あたしの正面には驚いた表情を張り付けた榊さんがいた。

……だよね？　やっぱり『初めて』って男の人は嫌なんだ。だって、大学の時だって、

『はっ!?　おまえ、マジで「初めて」なんて言ってんの？　うっわぁ、超メンドー！　マジ勘弁してくれよ』

なんて言われて泣きながら彼の部屋を飛び出したっけ……。そんなことを思い出したら、

「ごめん」

榊さんはそう言ってあたしの背中に手を回して、ゆっくりと身体を起こしてくれた。

「……やっぱり、メンドー、ですよね」

『初めて』なんて――

「何言ってんの？」

「あ、なんでもっ、あたし――」

帰ります。榊さんから離れてそう言おうとしたら、いきなり抱きしめられた。

「誰がそんなこと言った？」

「誰って……」

男の人はみんなそう思ってるんでしょ？　コンパとかでもそんなことを話してる男の人がいた。だから、みんなそうなんだと思ってたのに。

「馬鹿な男の言うことなんか気にするな」

「えっ？」

意味の分からない台詞《せりふ》に顔を上げると、榊さんの優しい笑みが見えた。

「俺は奈々美の『初めて』がもらえるならスッゲー嬉しい」

「……だって、『メンドー』って」

言ってたのに。学生の時、付き合ってた彼の友達も同じようにそう言ってたのに。

「最低な男だな。まぁ、そのおかげで――」

俺が奈々美の『初めて』になれる。耳元でささやかれる声にあたしの心臓がドクンと波打った。

「――で、でもっ、『ごめん』って」

言ったじゃない？　あれは？

見つめるあたしの前で榊さんがクスリと笑う。

「だって、『初めて』なのにこんな場所じゃ嫌だろ？」

「……えっ？」

「奈々美の『初めて』なんだから、もっと『特別』なものにしないとな」

「『特別』？」

繰り返すあたしに榊さんが「そう」と優しい顔でうなずいた。

「奈々美が絶対に忘れられない『特別な夜』にしよう」

「――よ、夜って！」

一気に上昇していく体温。頭の中は沸騰しそうで――、そんなあたしに榊さんはクスリと笑って、

「俺は昼でもいいけど？」

なんて言うから「もうっ！」と見上げると、榊さんは赤い頬にキスしてくれた。

――嬉しい

って本当に思ったの。そんなふうに想ってくれて、こんなあたしをちゃんと受け止めてくれて。だから、あたしも彼の甘い笑顔に応えるように笑ったら、榊さんは少し困ったように首をかしげた。そして、

「その顔、ほかの男に見せるなよ?」

そう言って、一番優しいキスをくれた。

八章　花と太陽

たぶん、
彼は太陽で、
あたしは花で。
だから、
あたしは彼を見て、咲いたんだ――。

「これ以上は本当にオオカミになりそうだから」

なんて言われて、榊さんの車に乗ってあたしは今、自分のマンションの前。

「あの、ありがとう――」

「とりあえず、明日は？」

「えっ？」

驚くあたしに、榊さんは少しあきれたような笑みを見せた。

「予定がないならデートに誘いたいんだけど」

「……ない、けど」

そう答えると彼はふわりとあの甘く優しい笑顔で、

「じゃ、明日の朝、迎えに来るから」

そう言って、さりげなくあたしの頬にキスをする。それだけでドキドキしちゃうのに
――。

「降りないの？　そんな顔されると、ここで襲っちゃいそうなんだけど」

「――おっ、降りますっ!!」

あわててドアを開けるあたしに、やっぱり榊さんは笑ってた。

「おやすみ、奈々美」

「……おやすみ、なさい」

なんとかそう言うと、榊さんはいつもの笑顔を見せて車を走らせていった。

『デート』そんな言葉を思い出すだけで心臓がバクバクしてしまう。部屋に入ってベッドに体を放り出して……。

ってか、カレカノになったんだぁ。そう思うだけで頭がボーッと熱くなっていく。

「あっ、服！」

明日の服を決めないと!!　あたしは急いで起き上がってクローゼットを開けた。どんなのがいい？　森ガールなヤツ？　それともエレガント系？　うーん、それじゃいつもと変わり映えしないよね？　榊さんってどんなのが好みなんだろう？　考えてみたけど、

「……全然知らないじゃん」

あたしは榊さんのことを全然知らない。知ってるのはうちの会社の海外営業部の人で、結構エリートで、すっごいモテて……。

「これから、だよね？」

だって、まだつき合い始めたばかり。

『奈々美の好きなものを知りたい』

そう言ってイチゴミルクを買ってきてくれた榊さん。

「……あたしも、知りたいなぁ」

彼が好きな飲み物とか、食べ物とか、趣味は何かとか、好きな映画は、とか。すごく純

粋にそう思った。これが『恋愛』っていうなら、今までの『恋愛』はなんだったんだろう？　そう思えるほど今までのものは軽いものに感じられる。大人になったからかな？　それとも、相手が榊さんだから——？　そんなことを考えるだけで気分が高揚して。

「お風呂……」

入ったら少しは落ち着くかなって思ったけど、やっぱりなかなか眠れなかった。だから、ベッドから起き上がってクローゼットを開ける。だってデートだもの。服のチョイスは重要よね。カジュアルなのがいい？　でも、ランチをする場所を選ぶようなものはダメ、よね？　そう思ってジーンズは却下。それならスーツ……はいくらなんでもありえない。

結局、何時間もかけて選んだのは、マキシ丈のワンピにストールカーデ。

「普通すぎ？」

身体に合わせてそうつぶやいてみたけど、これが一番無難な気がする。堅すぎず、軽くなりすぎず。服が決まるとなんとなく安心できて。

「眠……」

口からあくびが飛び出してくる。この服にはサンダル？　やっぱりパンプス？　流行のブーサン？　そんなことを考えながらあたしはやっと頭を枕に落とした。

すごく幸せな夢を見てた気がする。なのに、

♪〜〜〜〜♪＃♪〜〜

「……もう」

携帯の着信音に邪魔されて、手を伸ばした時にはその内容はすっかり忘れてた。

「はぁい」

少し不機嫌に応えると、クスリと笑う声が。そして、

「まだ寝てた？」

「――さっ、かきさん⁉」

その声に、文字通りあたしは飛び起きた。あわてて時計を見れば、すでに11時を回ってて――。

「だ、大丈夫ですっ！　ちゃんと起きてっ」

携帯を握ってそう叫んだけど、向こうからはクスクス笑う声。

「いいよ、あわてなくて。ゆっくり準備して」

その声とともにポップな音楽なんて聞こえてくるから。

「――も、もしかして、下で」

待ってるとか⁉　さらに驚くあたしの声に、「ん？　まぁ、ね」と歯切れの悪い榊さんの声。

「す、すぐに出ますからっ！」

あたしはそれだけ言うと携帯を畳んでベッドに放り投げた。よかった。服は悩まないでいい！　急いで顔を洗ってメイクして――。それからはまるでＤＶＤの早送り。

「あぁ！　髪は!?」

寝起きの髪は言うことを聞かなくて。

「アップ？　コームなら」

なんとかまとまるはず！　ボックスの中から蝶をモチーフにしたコームを取り出して、髪をブラッシングして――。どんなに急いでてもマスカラは外せない。ビューラーでしっかりと上を向かせて、ランコムでボリュームアップ。ホントはやっちゃダメだけど、マスカラの上からも軽くビューラーで形づけて。

「いい、よね？」

いつもよりナチュラルメイク。だって、受付に座るわけではないし、服だってカジュアルだから――。

「あぁ！　もうカバンは!?」

クローゼットからカゴバッグを乱暴に取り出して携帯とお財布、メイクポーチに……と必要最低限のものを詰め込んだ。

サンダルをつま先に引っかけて玄関を出る。もちろん、鍵は忘れずに。それからエレベーターまで走ってボタンを押して。でも、こんな時に限ってエレベーターはなかなか来ない。仕方ないから非常階段を使って一気に下まで降りて——。

エントランスをくぐって表に出た時、榊さんは車にもたれて缶コーヒーを飲んでた。しまった！　こういう時って部屋で待っててもらうのが普通？　お茶くらい出すもの？

「あっ、榊さん、あのっ！」

上がった息のまま、ごめんなさいって言おうとしたら、

「おはよう」

なんて、いつもの笑顔で言われちゃったから、その続きは言えなかった。すると、

「でも……」

と、榊さんの笑顔が少し不機嫌なものに変わっていく。やっぱり、待たせすぎだよね？

それにこんな外で——

「それ、やめて」

「えっ？」

助手席のドアを開けてあたしを誘導しながら言った台詞《せりふ》。そして榊さんは、なんのことか分からなくて立ち止まるあたしの手をつかんだ。

「拓海」

「……？」

「拓海って呼んで」

「はっ？　え、榊さっ⁉」

思いっきり引き寄せられていきなりのキス。

「――こ、こんなところでっ！　榊さんっ‼」

叫ぶあたしにもう一度キスが落ちてくる。パニックになるあたしを助手席に座らせて、甘い笑顔を落とす榊さん。

「これから『拓海』って呼ばなかったらキスするから」

「はい⁉　やっ、そんな急にはっ！」

言えないってばっ！

『榊さん』は他人行儀で嫌だ」

「……」

「呼んで」

「……」

待ってる。助手席のドアに手をかけて、あたしに覆いかぶさるように見下ろして。

「だ、だって会社とかは――」

絶対無理。そんないきなりは呼べないよぉ……。

「じゃあ、就業時間以外に呼んだらキスする」

「そ、そんなっ、さか――っ」

そこまで言って、あたしは自分の口を覆った。そっと見上げると、

「何？」

少し意地悪に笑う榊さん。

「……意地悪です」

唇を隠したままそう言うと、榊さんはおかしそうに笑って、ゆっくりあたしに近づいて
――。

「ちょっ！　待っ」

チュッとあたしの額にキスを落とすと、「さっき、言いかけたから」と言って助手席のドアを優しく閉めた。


動き出す車。車の種類とか疎《うと》いあたしだけど、車が好きなんだなぁって分かるくらい手入れが行き届いてる。ハンドルには左手だけ。右手は開けられた窓に置かれて……。

今さらだけどスーツ姿以外はジムの格好しか見たことがないわけで。髪だっていつもはムースか何かで固めてるのに、今日はアッシュブラウンの髪が風にサラサラなびいてる。タイトなジーンズにVネックのシャツ。チラッとのぞく鎖骨がいやに生々しくて――。

「そんなに見つめられると照れるんだけど？」

「──あっ、すみません」

本気で見とれてました。あわてて視線を自分のひざ元に落とすとクスリと笑う声。

「どこに行きたい？」

「えっ？　あ、えっと……」

どこ、なんて全然浮かばない。今まで行ったデートなんて一緒に買い物とか映画とか。

流行の『おうちデート』で、逃げ出したわけだけど……。

「じゃ、買いに行こうか？」

「……何を？」

「下着」

「──はい!?」

思いっきり驚くあたしに榊さんは噴き出すように笑い始めて。って笑うところじゃないよね!?　『下着』!?　全っ然、意味が分からないんですけど!!

「『特別な夜』のために」

「なっ──」

「俺は構わないけど、ベージュじゃ嫌だろ？」

「──見っ、見たんですね!?」

昨日！　確かにあたしのブラはベージュだったわけでっ、でもっ、あれはっ!!

「いつもあーゆーのってわけじゃ！　制服は白のブラウスだしっ、受付って明るいから、そのっ！」

ベージュが一番透けないし、表に響かないようにシームレスだったりするわけで!!　職業柄っていうか、確かにあたしの引き出しの中にはシンプルなブラが多いけど、全部が全部そうってわけじゃなくてっ!!

必死にそう訴えるあたしに榊さんは楽しそうに笑って、ハンドルを右手に持ち替えると、左手をあたしの頭の上にポンッて置いた。

「そういう気配りっていいと思うよ。たまに目のやり場に困る女性もいるから、奈々美のような受付はホッとする」

「……うん」

「化粧もきつくなく、コロンはほのかに香る程度。そういうところまで気遣える奈々美が好きだよ」

「……」

ズルイ。榊さんは本当にズルイ。こんな簡単にあたしの気持ちをわしづかみにしちゃう。

九章　花を飾りましょう

好きって気持ちは単純。
そばにいたいとか
笑ってほしいとか……
でも、それだけじゃいられなくなる。
あなたの一挙一動に
あたしの心は揺れてしまうの。

「で、決まったメーカーってあるの？」

「はい？」

「下着」

「――えぇ!?」

驚くあたしにクスクス笑う榊さん。って、本気で買いに行くつもりなの!?

「じゃ、俺のオススメでいいかな？」

「……からかってるんですね？」

唇をとがらせてそう言うあたしに榊さんはクスクス笑いながら「いや」って言うけど、絶対、あたしの反応を見て楽しんでる！　だから、「それでいいです！」って答えたら、やっぱりクスクス笑いながら「はいはい」って答えてた。

なのに。なぜだかあたしは下着専門店にいる。モールの中とか、デパートの中じゃなくて、ちゃんと店舗を構えた下着専門店。いや、確かに榊さんは『買いに行こう』って言ったけど……。普通、こんなところに男性客なんていないと思う。ううん、見渡す限りいない。榊さん以外……。

「やっぱり、ストラップは外せるタイプがいい？」

「へっ？」

「ん？　あぁ、フルカップのほうが好みとか？」

「はい!?」

しかもこの知識は何？

「これなんてどうかな？　サイズは……、65のDってところか」

「……」

カチャカチャとハンガーを探ってあたしの目の前に掲げられたのは、薄いピンクに真っ赤なユリをかたどったレースが施されたブラで……。ちょっと待って！　今、なんて!?

驚いて、見せられたブラの向こうの榊さんに焦点を合わせると、あの甘い笑顔が見えた。

「ん？　ほかの色がいい？　でも、あとはブルー系とブラック……、俺としてはやっぱりレッド系が――」

「そ、そうじゃなくて!!」

なんで分かるの!?　あたしが65のDって――、とはさすがに聞けなくて口ごもるあたしに榊さんはクスリと笑う。

「昨日、見たし」

「――っ!!」

からかってる！　あたしの反応を見て絶対楽しんでるっ!!

「もうっ！　さか――」

「ご試着ですか？」

文句を言おうとしたら店員さんにそう声をかけられて。なぜか榊さんが「えぇ、お願いします」なんて答えてた。だから、あたしは今、試着室にいたりする。

「……」

文句なしに可愛い。レースも上等だしデザインも色合いも申し分ない。サイズも榊さんに渡されたものでぴったり。昨日『見た』って言ったけど、ほんのちょっと、だよね？ そんなので分かるもの？

…………無理、だよね？ そんな、経験豊富な下着販売員じゃあるまいし……。

経験？ 豊富――？

あぁ、そっか。きっと、今までの彼女とだって買いに来てたんだ。じゃないとこんなに落ち着いてないよね？ サイズだって、例えば前の彼女と同じくらいだったとか……。

理由が分かると、鏡に映る自分が妙に情けないものに感じた。だから急いで外して、自分の下着を身に着けて。

「どうでした？」

「あ、まぁ……」

店員さんの声にもなんて答えていいか分からない。気に入ってた気がするけど、もうどうでもいい。

「奈々美？」

今、彼女はあたし。別に二股かけられてるわけでもないし、こんなことで拗《す》ねたって仕方ないのに――。

だけど、あたしの口から出たのは、

「――いらないです」

そんな、可愛くない台詞《せりふ》だった。

「奈々美！」

なんとなく、いづらくて。顔をそむけたあたしの腕を榊さんがギュッとつかんだ。

「気に入らない？」

心配そうにあたしの顔を覗《のぞ》き込む榊さん。

「……そんなことは、ないです」

可愛いと思った。けど、榊さんと目を合わせることができずにそう口にするあたし。彼は「そう」と答えて、あたしの腕を離した。そしてすぐに財布からカードを取り出して、

「じゃ、これで。急いでもらえる？」

店員さんにカードを手渡す榊さんはいつもの笑顔だった。

「ありがとうございました」

店員さんに紙袋を手渡され、お店の外に。なんとなく隣は歩きづらくて、あたしは榊さ

んの半歩後ろ。

「奈々美」

止まる榊さんの足が見えた。彼の声に答えることも顔を上げることもできないあたしに小さなため息が降ってきて……。あきれられてるのは分かってる。だからって何も気づかなかったように、にっこり笑うこともできない。なのに、

「次はどこに行こうか？」

予想外の質問にあたしは思わず顔を上げた。絶対あきれてるって思ったのに――、

「行きたいところは？」

榊さんはいつものようにふわりと甘い笑顔であたしを見てた。

「……どこ、って」

繰り返すあたしに「うん？」って榊さんは答えてくれる。

……大人ってことなんだと思う。経験とかそんなんじゃなくて。だからあたしもこのままじゃダメだって、そう思って、

「榊さんの――」

『行きたいところで』って言おうとしたのにっ。いきなり引き寄せられて、ビルの陰。

「んっ!!」

まぶたを伏せる暇もなくあたしはキスされてた。

──って！　今は昼間で、ビルの陰っていってもここは街中で！　だから、あわててドンドンと榊さんの胸をたたくと、あたしの後頭部をつかむ手の力を緩めてくれた。

「いい加減名前で呼んで。それともされたくてわざと？」

「──ちっ、違っ、きゃっ！」

首を振って後ろに下がろうとすると、身体のバランスが崩れて──。あたしの身体は榊さんに引き寄せられた。

「大丈夫？」

「あ、はい……」

思わず見上げれば、そこにはいつもと変わらない甘い笑顔。彼の何気ないしぐさがいつも甘くて、今のあたしには酸っぱかった。きっと、今までの彼女もこんなふうに──。

「で、何？」

「えっ？」

「言いたいこと、あるでしょ？」

真っすぐに見つめられてあたしは榊さんの腕の中。逃げることも目をそらすこともできなくて──。

「別に、大したことじゃ……」

「小さなことでもいい。言って」

「……」

「言わないならもう一度キスしようか？」

「はい？」

驚くあたしに、冗談じゃなく近づいてくる榊さんの顔。あたしの後頭部は彼の手に捕まって——。

「まっ、待って！」

「なら言って」

息がかかるほどの距離。

言うしかないの？　でも、こんなこと、言ったら子供だと思わない？　幼稚な考えだって思わない？

「早く」

グイッと上を向かされて——、もうっ！

「いっ、いつもこうなんですか？」

「えっ？」

観念した小さなあたしの声に驚く榊さん。

「どういう意味？」

「だ、からっ、今までの彼女ともこうやって下着買いに行ったりとか、サイズだってちょっと見ただけで分かるくらい経験はあるかもしれないけど、でもっ、いきなりどこでもキスしたりとかっ！」

こんなこと、言っても仕方ないのに。

「誰にだって優しくて、大人で、いつも笑顔ですぐに下の名前で呼んだり――」

「ストップ」

支離滅裂なあたしの言葉は、榊さんの右手に口を覆われ強制的にシャットアウトされた。

「……参った」

言っちゃった……。だから、言いたくなかったのに。あたしの口をふさいでいた彼の手はゆっくり離れて、今度は榊さん本人の顔を覆い始めた。

開いた口がふさがらないってこと？　そんな榊さんの顔が見れなくて、あたしは俯《うつむ》いた。だって、あたしの恋愛経験なんて本当に薄っぺらなんだもの。いきなり榊さんのレベルに合わせることなんてできないよ……。

「妬《や》いてくれるなんて思ってもみなかった」

「……えっ？」

そっと見上げた榊さんの笑顔は甘くて、そしてなぜか少し赤く見えた。

「あ、あの……？」

あたしの声に視線を合わせた榊さんの顔はやっぱり赤くて、見てるこっちまでなんだか恥ずかしくなってくる。

「これね」

そう言ってあたしの視線を遮《さえぎ》るように、目の前にぶら下げたのはさっきの店の紙袋。

「love allow《ラブアロー》は上海で人気のあるランジェリーメーカーでうちが輸入してんの」

「……はい」

ん？　一体なんの話？

うちの会社は手広くやってるからそんなの驚きでもなんでもない。のに。

「で、海外と日本じゃサイズが微妙に違うとか、そのほか色々あってね。毎日下着とマネキン、トルソーを眺めて過ごしてた時期があったよ」

「――あ」

だからっ！　榊さんの言葉を理解して口から飛び出る声。それに榊さんは少し苦い笑いを浮かべて、あたしの頭にポンッと温かい手を落とした。

「だから、別に経験豊富とか誰かと比べたりしたわけじゃないし、ついでに言うと変態でもないから」

「……そこまで言ってないです」

たぶん、あたしの顔は真っ赤だ。少し俯《うつむ》いてそう言うと、「それに」と榊さんの言葉が続いた。

「誰にでも笑顔で応対するのはお互い様だろ」

「えっ？」

何か含みのある言い方に顔を上げると、榊さんはあたしからフイッと顔をそむけた。だけど、その顔はなんだか……。

「榊、さん？」

名前を呼んだのに振り向いてくれない榊さん。だから彼の腕をつかんで顔を覗《のぞ》き込んで――。けれど合わない視線。怒ってるというより、これは……、拗《す》ねてる？　さっきのあたしの台詞《せりふ》で？　でも。

「えと、でもあたしは受付で、相手はお客様だし笑顔で応対するのは当たり前で――」

「それ、わざと？」

返ってきた言葉に驚く間もなくふさがれた唇。それはさっきより熱っぽくて――、目を開けるとそこには少し意地悪でとろけそうな笑顔があった。

「俺がどれだけ焦ってたか分かる？」

「……えっ？」

「でも、もう妬《や》かない」

「……」

「俺だけに見せる顔を知ってるから」

この笑顔は、反則だと思う。

「名前、呼んで」

「――あ、えっ？　今⁉」

あわてるあたしの声に榊さんはにっこり笑ってうなずく。

「呼ばないなら、もっとほかのことしちゃうけど？」

「はっ⁉　ほ、ほかのことって？」

何？　だって、ここは屋外で、ビルの柱には隠れてるけど、彼の背中からは日が差し込んでまぶしいくらいなのに。

「なんだろうね？」

そう言いながらあたしの背中に回される手。その手はうなじからスッと下に下がっていって――。

「――たっ、拓海っ、さん」

ギュッと目をつぶり、彼のシャツをつかんだ指が小さく震える。名前を口にしただけなのに心臓はうるさいくらいに胸をたたくし、顔は触らなくても分かるくらい熱い。

「奈々美」

こんな茹《ゆ》で上がった顔を見られたくなくて俯《うつむ》いたのに、榊さんの少し冷たい指があたしの頬をそっと持ち上げて……、

チュッ
と、音を立てた場所はあたしの額。

「さんづけだったから、これで許してあげる」

その笑顔にあたしの熱はさらに上がった気がした。

「さて、どこに行こうか？」

耳元でささやいたりするからあたしの肩がブレて榊さんの胸に当たる。もう心臓は破裂しそうだし、顔はほてって考えなんてまとまらない。

「ど、どこって……、さ」

『榊さん』って言いそうになってあたしは両手で口を押さえた。すると上からクスクス笑う声が降ってくる。

「何？」

甘くて少し意地悪な笑顔。そんな顔を見てたら頭が沸騰しちゃうから、あたしは急いで目をそらした。その先に見えたのは――。

「あ、あれっ！　あれに乗りましょう！」

なんでもいい、とにかくこの場から逃げたくて指差したのは観覧車。

「……いいけど」

そう答えた榊さんの顔が少しだけゆがんだのをあたしは見る余裕もなかった。

「歩いて行こうか」

そう言って自然と差し出される手。それを取らない、なんて選択肢はなくて――。あたしの指がちょっと触れると、榊さんの大きな手があたしの手を包んだ。

全然違う大きさ。指は節ばってて、なんだかごつごつしてる。だけど、温かくて心地いい。男の人なんだって意識したら、途端に恥ずかしくて。

それからは、握った手のひらが汗ばんでない？　とか、歩く速度が遅いかな、とか。とにかくヘンテコなことばかりが頭の中でぐるぐるしてた。


行ってみれば、土曜日のせいか家族連れやカップルが並んでて、待ち時間は30分。

「どうする？」

「えっ？」

「待つ？」

言い出したのはあたしで、ほかに行きたいところも浮かばず、ただコクンとうなずいた。

「どうせなら、遊園地とか行けばよかったな」

そんな榊さんの台詞《せりふ》にあたしはただ「……そうですね」と簡単に答えるだけで全然頭が回らない。だって、手がつながれたままなんだもの。

「一周16分って結構長いな」

「そうですね」

「てっぺんは高いだろうな」

「たぶん……」

って、あたし選択間違えた⁉　観覧車って密室だよね？　しかも2人っきり……。

そんなことを考えてると、さらに頭に血が上って榊さんの顔すら見れなかった。

「来たよ」

その声とともに、少し強く握られる手。ちょっと驚いて顔を上げると、見えた榊さんの顔はいつもと違う笑顔で……？　だけど、その手に引かれて観覧車に乗り込んだ。すると自然と向かい合わせに座らされて――スッと離れてしまう手に空気が触れて少し冷たい。

さっきまでは手をつないでることが恥ずかしかったのに、今は何もない手に寂しさを感じてしまう。ちゃんと同じ空間に榊さんはいるのに……。

って、ん？　やっぱり、おかしい。榊さんの顔からすっかり笑顔が消えて、目はじっと床なんか見つめちゃって。

「あの……？」

どうしたんだろう？　そう声をかけると榊さんは右手で口を押さえて「実はさ」と口を開いた。

「俺、高いトコ苦手なんだよね」

……ん？　にが……？

「――えぇ!?」

そんなの言ってくれればよかったのに！　別にどうしても乗りたいわけじゃなくて、目についたから言っただけで！　「嫌」って言ってくれて全然よかったのに!!

「おっ、降りましょう!!」

そう叫んで立ち上がるとぐらりと揺れる空間。

「きゃっ！」

「奈々美！」

揺れたのは空間だけじゃなくてあたしの身体も。だけど、床に崩れる前に抱き寄せられて、気がついたら――

「――す、すみません!!」

あたしの身体は榊さんのひざの上。だからあわてて起き上がろうとしたのに、

「動かないで」

「やっ、だ、だって！」

「動くと揺れる」

「……」

彼の顔は超至近距離。そして腕はあたしの身体に巻き付いてあたしの心臓は爆発寸前。

「こうしてたら怖くないから」

そう言って背中にある彼の手がさらにきつくあたしを抱き寄せた。外の景色なんて当然見えない。見えるのは、はにかむような彼の笑顔。息が触れるほどの距離。

――どうしよう？

だって、榊さんは高いところが嫌いで、怖いって困ってるのに……。心臓はバクバクするし、なんだか頭に血が上ったように頭も心もどこかボーッとしてる。視線は少し口角を上げた唇に捕まって、キスしたい……なんて思ってるあたしは、自分で思ってるより榊さんのことが好きみたい――。

「奈々美」

突然動く唇に、あたしの肩がビクッと震える。だけど、その唇は弧を描いて……。

「誘ってる？」

「……はい？」

あたしの身体は完全に榊さんのひざの上。転びそうになったから、あたしの指は彼の胸元をつかんで。そのせいでよれたシャツからのぞく鎖骨が見えてなんだか色っぽい。って違う！　そうじゃなくて！

「すっ、すみません！」

早く下りないと!!　そう思って離れようと脚をバタつかせたら――

「きゃあ！」

ワンピの裾が大きくめくれて、それを直そうと手を伸ばしたら、先に榊さんの手があたしの足に触れた。

「やっぱり誘ってる」

「ちっ、違」

ドクンと大きくブレる心臓。視界いっぱいに広がった甘くてとろけそうな笑顔。それにも焦点が合わなくなってきて――。

キスは、したいと思ったの。だから、唇が重なった瞬間、瞳は勝手に閉じてしまうし、榊さんの甘い手があたしの身体をなぞるのも嫌じゃない。

せっかく観覧車に乗ったのにとか、景色を楽しまなきゃとか、そんな考えは綺麗に消えて、そのキスと手を受け入れてるあたしは、相当やられてる――。感じるのは柔らかい唇。その温かさに息をするのだって忘れそう。聞こえてくる彼のかすかな息遣い。それだってどこか遠くで聞こえてるみたい。

「――あ」

離れていく唇に思わずこぼれた声。それがひどく恥ずかしくてあたしは俯《うつむ》いてしまった。

「残念」

クスクス笑う声に目を開けると、目の前には榊さんの鎖骨がなまめかしく見えちゃって。思わず視線を落としてしまった。

「ここが観覧車じゃなかったら押し倒してたのに」

「……あっ!!」

榊さんの声にあわてて窓の外を見れば、もう頂点は過ぎてて……。ふと向かいのゴンドラを見れば、楽しそうに笑ってる家族がいたり。って、見えてる！　そして見られてる!?

そんな状況にカーッと頭に血が上っていって——。

「おっ、降ります!!」

「別にこのままでいいのに」

「よくないですってば！」

「なら、隣に座って」

「い、いや、えっと」

「そばにいてくれるほうが怖くないんだけど。ついでに暴れないでくれると助かるかな」

「……」

そう、だった。すっかり忘れてたけど、高いところが苦手って……。だから、あたしはゆっくりと榊さんのひざから下りて、隣にちょこんと座った。

「大丈夫、ですか？」

そっと隣を見上げると榊さんはフッと笑って、

「奈々美が隣にいるなら平気」

そんな台詞《せりふ》に自分の顔がさらに真っ赤になっていくのを感じた。それから気になるのはほかのゴンドラ。楽しそうな家族連れははしゃぎ、隣同士で座るカップルの距離は近い。うん、絶対見られた。こっちから見えるんだもの。向こうからだって……。だから、

「走りましょう」

真面目な顔でそう言うと彼は『?』マークを頭の上に浮かべて小首をかしげた。

「地上に着いて、ドアが開いたら走って遠くに行きましょう!」

「奈々美?」

「だってだって!」

誰かに見られてたなんて——!

「知り合いはいないかもだけど、でもやっぱり!」

そうまくし立てるあたし。榊さんもあたしの言いたいことに気づいてくれたのかクスリと笑って、

「分かった分かった。じゃあ、しっかりと手を握ってて」

「えっ?」

「迷子にならないように」

「——なりません!」

「じゃあ、転ばないように」

「転びませんってば！」

そう叫ぶあたしに榊さんは声を立てて笑う。だけど、それがなんだか嬉しくて、あたしも一緒になって笑ってた。そして、ドアが開けられた瞬間――。

「行こう」

「――えっ？　あっ！」

あたしの手を包んでくれる大きな手。その手は強くあたしを引っ張って――。

階段を下りてさらに真っすぐに走っていく。だけど絶対に離れない手。真正面に見える背中は大きい。

あぁ、あたし、この人が好きなんだ。その手に、背中に、意味もなくそう思った。手を引かれて、走って走って。

「……ちょっ、もぅ」

ダメ。って言おうとしたらピンヒールが溝に取られて――

「あっ」

「――大丈夫？」

気がつくとあたしの体は榊さんの腕の中にすっぽりはまってた。コツンと額に当たる胸板は思ったより硬くて、ドクンドクンって波打つ鼓動がすごく気持ちいい。ずっとこうしていたいような――。

「奈々美?」

「あっ、はい!　大丈夫です!!」

呼ばれる声にハッとして、離れようと顔を上げたら……。

「口紅がよれてる」

いつもの笑顔に少しだけ赤みの差した頬。そんなものにあたしの心臓はドクンとブレてしまう。さっきまでつながれてた手は離されて、その指がゆっくりとあたしの唇をなぞる。それだけで体の芯がゾクリとさせられて、揺れるあたしの肩に榊さんはクスリと笑った。

「次はどこに行きたい?」

落ちてくる声に思わずあたしの唇はへの字に。そして、

「……あたしばっかり」

つい、口から出てしまった。

「何?」

優しく聞き返す榊さんから目をそらす。だって卑怯《ひきょう》だ。どんなにあたしが選択しても全部榊さんの手のひらの上で踊らされてるみたい。榊さんの言葉にドキドキして、ちょっとしたしぐさに体を震わせて。

あたしだけ……。これが経験値の差なのかな?　だとしても悔しすぎる。だから、

「榊さんの、好きなところでいいです」

あたしは目を合わせることなくそう口にした。

「もしかして、拗《す》ねてる？」

「……拗《す》ねてません」

「じゃあ、キスしたい？」

「……はっ？」

「名前で呼ばないから」

そんな昔の約束なんて綺麗に忘れてて。あたしが『榊さん』と呼んだ口を押さえて見上げると、やっぱり優しく笑ってた。だけど、

「もう無理やりはしない」

「えっ？」

あれ？　驚いてゆっくりと手を下ろすあたし。でも、榊さんは笑みを浮かべたまま。

「水族館なんてどう？」

「……」

「嫌い？」

フルフルと首を振ると、

「じゃあ行こうか、稲森さん」

声のトーンは変わらない。だけど、手を差し出されることなく向けられる背中。彼の脚は一歩踏み出して――。

だから、あたしも同じように歩き出す。あたしの視線は榊さんの靴に。置いていかれないように、見失わないようにしっかり歩いて……。なのに、にじみ出すあたしの視界。喉《のど》の奥が苦しくなる。

今日のあたし、なんか変だ。浮かれたり落ち込んだり、いきなり泣きたくなったり。すると、にじんだ視界から榊さんの靴が消えて、

「――っ」

あわてて顔を上げたら、腕をつかまれた。強く引っ張られて、崩れるバランス。

「あっ」

あたしの声と身体は榊さんの腕の中に吸い込まれていった。

「ごめん。でも、俺の気持ちも少しは分かった？」

「……」

もううなずくしかない。すると温かい手があたしの顔を優しく挟み込んでゆっくりと持ち上げた。見えたのはこの上なく甘くとろけそうな笑顔。何も言わないのは待ってるから。だから、唇を軽く開いて喉《のど》を震わせて――。

「――拓海さん」

「『さん』はいらない」

「……拓海」

そう呼ぶと彼は目を細めて嬉しそうに「何？」と笑う。

「手、つなぎたいです」

「……敬語も禁止」

「――手」

「いいよ」

拓海の大きな右手があたしの左手を優しく包み込む。

「……ペンギン、見たいかも」

「いいね、行こうか」

分かった。経験値の差とかじゃなくて、あたし、どうしようもなく、拓海が好きなんだ――。


ゆらゆら揺れる水面がライトに反射してキラキラ踊る。その中で気持ちよさそうに泳ぐ魚たち。空調が効いてて涼しいし、ギュッと握られた手が何よりも心地いい。そんな水族館の雰囲気がくすぐったい。一番のお目当てはペンギンだったりするけど、

「あ、マンボーが手を振った！」

「……泳いでるだけに見えるけど？」

「絶対に振ってくれたって！　ほら！」

そう言ってあたしが手を振ると――、パタパタ……。

「ほらっ！」

自慢げにそう振り返ると、

「はいはい、奈々美には負けるよ」

なんて笑ってくれた。甘く優しく向けられる笑顔が好き。あたしの手を包んでくれる大きな手が好き。『奈々美』って呼んでくれる声が好き。

いつから『好き』になったんだろう？　やっぱり、あたしをかばってくれた時から？

ううん。もしかしたら、初めて彼の笑顔を見た時からかもしれない。初めての出会いは最悪だったのに――。

『俺が落とすよ』

……あれ？　じゃあ、彼はいつから？　賭けは『口実』って言ったけど、拓海は日本に帰ってきてまだ1ヶ月足らず。もちろん、その間は毎日のように顔を合わせてたけど、あくまで『受付嬢』と『社員』の関係。あたしが受付に座ってたから？　ううん、それはないはず。だって、『受付スマイル』は嫌いだって――。ぐるぐる回る考えにあたしの足が止まる。

「奈々美？」

拓海の声に顔を上げて。聞いても、いいのかな？　目の前の拓海の顔は少し心配そうにあたしを見下ろしてた。

「あ、あの……」

「何？」

やっぱり、聞かないほうがいい気がする。子供じみてる。

「いっ、いいです」

そう答えると拓海は少し不機嫌そうにあたしの顔を覗《のぞ》き込んできた。

「敬語に戻ってる」

「あ――、すみま」

全部言い終わる前に自分の手で口をふさいだ。あれ？　うまく言葉が出てこない。さっきまでちゃんと話せてたのに――。

「奈々美」

どうしていいか分からなくてそっと見上げると、コツンってあたしの額に拓海の額がぶつかった。ほんの少し動いたらキスができる距離。あたりは薄暗くて、青い光が乱反射してあたしたちをほのかに照らすくらい。

「何？」

「あ、えと、その……、そんな大したことじゃ」

「いいよ、言って？」

なんだろう？　心の中にふんわりとした何かが広がっていく感じ。

「あ、のね？」

「ん」

優しい相づちに、素直に聞けそうな気がするの。

「拓海は、なんであたしが好きなの？」

だからってこれはストレートすぎ。そう聞いた自分にあたしが一番驚いた。のに、拓海は合わせた額を離して少し驚いた顔を見せると、すぐにフッと笑ってくれた。

「初めて会った日、覚えてる？」

初めてって……、

「自販機の、前？」

最悪な出会い。あたしは賭けの対象で、『俺が落とすよ』なんて台詞《せりふ》にムカついて——。

だから少し、ううん、かなり複雑な表情で拓海を見ると、

「やっぱり覚えてないか」

と、彼は少し残念そうにそう言った。

どういうこと？

十章　高嶺の花が咲いた時

一目ぼれっていうのかな？
あの笑顔を見た瞬間、
『欲しい』と思った。
『誰にも渡したくない』そう思った。
どんな手を使っても、ね？
だから、覚悟しろよ？

今でもはっきりと覚えてる。

「初めて奈々美と会ったのは、俺が帰国して初めて出社した日だよ」

「えっ？」

意外そうな声を上げる奈々美。

「だ、だって、初めてって自販機の前じゃなくて？　えっ？　でも、あたし、その前の1週間は風邪引いて休んでて――」

あぁ、だろうね。あの時の君は『素』のままだったから。だからこそ、俺は惹《ひ》かれたんだよ。

「初日から忙しくてね。昼から客先への挨拶《あいさつ》回りのためにタクシーに乗ろうとしたら――」

社用車でもよかったけど、その日はそのまま直帰するつもりだったからタクシーを呼んだ。受付から到着の電話をもらってロータリーに。そのタクシーに乗ろうとしたら、

「待って！」

息を切らしてそう叫ぶ声に俺は振り返った。頬は少し赤く、額にはうっすらと汗を浮かべた彼女。その彼女は、

「お婆さんっ、早く！」

老婆の手をしっかりと握っていた。

「それっ、譲ってください！」

「は？」

「急ぐんです！　ごめんなさい!!　お婆さん、ほら乗って!!」

彼女は俺の返事を聞くこともなく、開けられたドアから老婆を乗せた。

「えっと、中目黒の中央病院まででいいんですよね？」

老婆はその声に「あ、あぁ、はい……」と頼りない声でうなずいて。

「じゃ、そこまでお願いします！　あっ」

それから彼女は何を思い出したのか、自分のカバンから財布を取り出して、

「これ！　これで足りるから」

1万円札を差し出した。

「あ、あのお金は……」

「あたし、この会社の受付にいるんでいつでもいいですから」

にっこりと笑ってそう言うと、老婆にそのお金を握らせて、「行ってください」と運転手に告げて車から離れた。ドアが閉まる刹那《せつな》、「ありがとう」という老婆の声。それに彼女は軽く手を振って――。

「あ」

「――とっ」

よろめく彼女の身体を支えたのはただの条件反射。

「大丈夫？」

「あ、すみません。ちょっと……」

薄いブラウスから伝わる彼女の肌は熱く、俺を見上げたその頬は赤くほてってった。そして、

「あの、ありがとうございました」

その台詞《せりふ》とともに向けられた、少し恥じらうような笑みは柔らかく、まるで花のつぼみがほころんでいくようで……。

今まで誰かに『見とれる』なんてことはなかった。営業なんて仕事をしてるから、『見た目』はただの飾りだってことも分かってる。それでも――。

「あの？」

不思議そうに見上げる瞳に、まだ彼女の腕をつかんでいることにやっと気がついて、俺はすぐさま手を離した。

「ごめん」

「いえ、それじゃ」

そう言って彼女はペコリと頭を下げると、ふらふらしながら歩き始めた。

「……なんだ、今の」

まるで台風一過。すべてが一瞬の出来事で、後から思ったのは、『さっきのって詐欺《さぎ》じ

ゃないか？』とか、『あの状態で彼女は家に帰れたのか？』なんて頼まれてもいない彼女への心配だったり。

うちの受付嬢だと言っていたが、帰国したばかりの俺には彼女の名前すら分からない。

ただ、次の日の朝、

「あれ？　稲森ちゃん、休み？　風邪？」

なんて声を聞いて、おそらく稲森って名前なんだろうなって思った。


それから2、3日後だったか。客先に行くためエレベーターを降りると、

「あのう……」

あの時の頼りない声が聞こえてきた。

「はい、どうしましたか？」

にこりと笑う受付。彼女が相手をしていたのはあの老婆。

「お名前を伺うのを忘れてしまって。ここの受付で働いていると聞いたのですが、あの、とても綺麗な方で、髪は綺麗な栗色で、前髪はこう流れて、背はこれくらいで——」

「あぁ、稲森ですか？　彼女は本日お休みをいただいてまして」

その声に老婆は「そうですか」と肩を落とす。けれど少し考えて、カバンから封筒を取り出すと受付に差し出した。

「これ、その稲森さんからお借りして」

「えっ？」

「先日、息子が事故に遭ったと携帯に連絡が来て。でも、手持ちはないし、どうやって行けばいいのかも分からずこのあたりでオロオロしてると彼女が……」

なるほど。それで俺はタクシーを奪われたわけだ。あの時の出来事をすべて理解できた頃、老婆は「よろしくお伝えください」と言って、何度も頭を下げて帰っていった。


「それって……」

視線を宙に漂わせながら、あの日のことを思い出そうとする奈々美。

「あたしが早退した日――」

「熱があったんだろう？」

そう聞くと彼女はコクンとうなずいた。だろうね。ブラウス越しでも彼女の肌は熱く、俺を見上げた顔はほてっていたから。

「えっ？　でも、アレって……」

あの時の営業マンが俺だなんて彼女は覚えてなくて当然だろう。かなり朦朧《もうろう》とした感じで帰ったわけだし。だから、それを問い詰めるつもりは毛頭ない。だけど、

「詐欺《さぎ》かも、とか思わなかったのか？」

これは釘を刺しておかないと。なのに奈々美は「それは、そうですけど……」と難しい顔をする。そして、

「でも、困ってる人がいたら助けるのって普通でしょ？」

そう言って俺を見上げ、頬を少しふくらませた。今では、こんな顔だって俺の心をつかんでしまう。こういう素直なところも彼女の長所だ。少しは警戒心というものを養ってもらいたいところだが、このままでいてほしいとも思ってしまうのは俺のわがままかもしれない。そして、初めて受付に座る彼女を見た時の俺の感想も、十分ただのわがままだと分かってるんだけどね。

「でも、正直がっかりだったな」

「えっ？」

「1週間して受付に座ってた奈々美は別人だったから」

「別人？」

そう繰り返す奈々美の頭にポンと手を置いた。俺はあの時の彼女が本当の姿だと思ってたから。

「初めて奈々美が受付に座ってるのを見てホッとしたよ。でも、奈々美は俺のことは覚えてないし、作り笑いのお面を着けて『おはようございます』だもんな」

「えっ、えと、だってあの時の人が榊さんなんてっ、それに作り笑いって——」

あわててそう口にする奈々美に「そうだね」と言って、なだめるように彼女の頭をなでてやる。そう、それが当たり前。彼女が受付に座る限りは。

だから、どうしても見たかった。つぼみがほころんでいくような、あの笑顔を——。

「よかったな、奈々美の親切が役に立って」

「はいっ、あの後またお礼を言いにいらしてくれて！　息子さんも退院されたそうです！」

そう言って笑う奈々美。この笑顔が見たくて——、でも、ね？

「あ、あの？」

少し口元をゆがめる俺に奈々美は不思議そうに首をかしげる。そんなそぶりも可愛いんだけど……、

「また『榊さん』って言った」

「あ」

「しかも敬語」

「……」

水族館っていうのはいいね。薄暗くて誰もが水槽に見とれてて——、だから、俺は彼女にキスをする。そういう約束だったろ？　唇を解放して彼女を見下ろせば、その頬は赤く染まって、可愛い瞳で俺を睨《にら》みつける。

「わざとだろ？」

「違う！」

「嬉しいくせに」

「――もうっ！」

そう言って、顔を隠すように俺の腕にしがみついた。なんだかくすぐったいね。こんな可愛い反応されちゃうと。

「……しい」

「ん？」

「嬉しい、です」

先に好きになってくれてたなんて……。小さく聞こえるその声に俺はクスリと笑う。

「なに、またキスしてほしいわけ？」

「えっ？」

「敬語」

「あ」

見上げて口元を押さえる奈々美。俺はそっとその手をつかんで、もう一度キスをした。

十一章　花は匂えど……？

……どうしよ？
こんな状況になったのは、あたしの一言から。
なんだけど、
だからって今夜!?
えっ？　いや、
まだ心の準備が——!!

イルカはいなかったけど、アシカのショーを見て、ペンギン眺めて――。飛び散る水しぶきはまるで宝石。

「奈々美、楽しいか？」

そんなの見てて分からない？　だから「うん」って答えて、できる限りの笑顔を見せたの。そしたら――

「きゃっ」

いきなり抱き寄せられて、あたしの頭は思いっきり拓海の胸にぶつかっちゃって。

「いったぁ」

「その顔、絶対俺以外に見せんなよ」

あんまり真面目に言うもんだから、その腕の中で「うん」てうなずいたの。楽しい時間なんてあっという間。というか、拓海といたらずっと楽しい。だけど、日も暮れておなかもすいて、もう一日が終わりそう。

「晩飯、何食いたい？」

「なんでも……」

いいんだけど、もしかして――。

「いつも外食？」

「ん？　まぁ、帰るの遅いし、コンビニか、あとは適当に」

少し苦味をミックスした拓海の笑顔。一人暮らしの男の人なんてそんなものかもしれない。特に彼は営業で忙しくて、時間だって不規則。

分かってる。心のどこかで『やめなさい』って言ってる。絶対やめたほうがいいのに――。

「簡単なものしか作れないけど」

……言っちゃった。

「えっ？　マジで!?」

少し驚いて、それでも嬉しそうに笑う拓海を見て『今の嘘』なんて言える人は絶対いない。そう思えるほどのめちゃくちゃ嬉しそうな笑顔。たとえるなら甘いイチゴの上に蜂蜜をたっぷりかけたような、甘ったるくて食べちゃいたいようなそんな笑顔。だから、あたしはコクンとうなずいた。

2人で向かったのは拓海のマンションの近所にあるスーパー。

「何がいい？」って聞くのに「なんでもいい」だなんて。そういうのが一番困るんだってば！　まぁ、だからって難しい料理を言われても今度はあたしが困っちゃうけど。

「ねぇ、みりんってある？」

「ない」

即答。本当に料理しないんだ。だからみりんを手にしただけ、なのに――。

「そんなでかいやつ買うんだ？」

「えっ？」

あたしの手には一般的な1リットルのみりんのボトル。

「責任持って使い切れよ？」

意味が……っ！　分かってカッと顔を赤くするあたしの手から、拓海はそのみりんを取り上げてカゴに入れた。

なんかこそばゆい。拓海がカゴを持って、あたしがその中に食材を入れる。一緒に買い物って、これって新婚⁉　そんな想像に緩んでしまう頬を両手で押さえると、「どうかした？」って聞かれたから「なんでもない」ってあわてて返した。

「変なやつ」

そう言われて頬をふくらませても、緩む表情はどうしようもない。

買い物が終わって荷物を持って――。と思ったのにすでに荷物は拓海の手の中。

「そんじゃ、帰るか」

何気ない行動の一つ一つがあたしの胸をキュンとさせる。空いた手を差し出されたから、あたしはその腕に自分の腕を絡ませた。なんか楽しい、なんか嬉しい！　なのに……。

「あぁ、残念」

今の状況にしっくりこない拓海の声に顔を上げると、

「右手に荷物がなかったら、抱きしめてキスするのに」

なんて言うからその腕をよじ登るようにして、つま先で立って――。

「……あ」

キスしたのは拓海の頬。拓海は一瞬驚いて――。こっちが恥ずかしくなるほどの笑顔を見せたの。だけどその笑顔は一瞬で、ゆっくりと意地悪なエッセンスが足されて「楽しみだね」って。

何が？　あたしの作る料理？　それとも――。

「今、何を想像した？」

「――えっ？　な、何もっ」

「可愛いね、奈々美」

あぁ！　もう!!　からかってる！　からかわれてるのに……、絡めた腕は外れないの。だから頬をふくらませたまま駐車場へ。車に乗り込むと――。

「んっ！」

一瞬のことで、目だって閉じれなかった。目の前には意地悪なエッセンスの甘くてとろけそうな笑顔。

「さっきのお返し」

「そんなのっ」

「まだ足りない？」

また近づいてくる拓海の顔。次のキスはちゃんと瞳を閉じて――。たぶん、これで十分なんて思える日はないと思う。


拓海の家に着いて、材料を広げて……。

「ねぇ、お鍋は？」

「はい、これ」

「菜箸ぃー」

「はい」

「……」

「次は？」

「……もう、いいよ？」

そう言ったのに、拓海は後ろにずっと立ってる。

「拓海？」

「いいから気にしないで」

「……」

気になる。すっごい気になる！

「ちょっ――」

「いいね、こういうの」

たった、それだけ。そう言って笑うだけで心臓がドクンとブレちゃう。

「もう終わり？」

「あ、あとは中火で煮るだけっていうか……」

なぜだかあわててそう答えると、後ろからふわりと腕があたしの身体を包んだ。

「抱きしめていい？」

「もう、してるじゃん」

そう口で言いつつも赤くなる顔を止めることができない。

「この匂い、肉じゃが？」

「嫌い？」

だって、家庭料理っていったら肉じゃがとかお味噌汁とか筑前煮とか……。初めて一緒にご飯食べた時もそんなものばっかりおいしそうに食べてたから。もしかして、もっと手の込んだもの期待してた？　そう思ってそっと後ろを見上げれば、優しくて甘ったるい笑顔が近づいてくるから――、あたしは目を閉じたの。

落ちてくる甘いキスに体中の力が抜けてしまいそう。

「好きだよ」

その声すら甘く感じてしまう。でも、もっと感じたくて――。

「あたしも、好き」

そう言ったのにクスリと笑う声が降ってきたから、軽く閉じた目を開けると、少し意地悪な拓海の笑顔。

「妬《や》けるね」

「えっ？」

「そんな声で『肉じゃがが好き』なんて言われると」

「――もうっ！」

拓海にはかなわない――。

ソファの前のテーブルにお皿を並べて、2人で並んで床に座って。……くすぐったい。

まだ、つき合って2日目なんだよね？　なのに彼の隣に座ってこうしてる空間に違和感はないの。

「そういえばさ、営業二課の川本が――」

「あぁ、あれはもう挨拶《あいさつ》みたいなもので……」

たわいのない会話。食べてしゃべって笑って――。

「ちょっと意外だな」

そんな台詞《せりふ》に首をかしげると、隣で拓海がクスリと笑った。

「奈々美が料理できるなんて」

なんて言われて、あたしはふてくされるように唇を突き出してムッとしてみせた。

「外食ばかりだと美容に悪いんです！　それに受付だから美容院は最低でも月1回でしょ？　空調もイマイチな場所だから基礎化粧品の質は下げれないし、制服はあるけど通勤用の服だって気は抜けない。だって、どこで誰に会うか分からないし。だからって会社は『美容代』なんて払ってくれないし、結局削れるのは食費くらいで――」

そこまで一気にまくし立てて気がつく。隣で拓海が声を押し殺すように笑ってることに。だから、

「笑いごとじゃないんだってば！」

って怒ってるのに、

「はいはい、分かったって」

と、拓海は笑うだけ。

「分かってない！」

そう言って顔をそむけてみるけど、そんな笑顔ですら甘いと感じるのはあたしだけ？

「今度は服買いに行こうか？」

「えっ？」

驚いて顔を上げれば、隣から伸びてくる彼の腕。

「下着は買ったし、今度は服も買って――」

その手をあたしの腰に巻き付けて引き寄せるから、あたしの身体は簡単にバランスを失ってしまう。コツンとぶつかる、彼の胸とあたしの頭。

「上から下まで、俺のものになれよ」

み、耳元でそんな台詞《せりふ》――!!

「――よっ、酔ってるんですか!?」

じたばたして暴れてみるけど、彼の腕の力にはかなわなくて。

「アルコールは飲んでないけど？」

「知ってます!!」

「また敬語」

「はっ!?」

顔を上げた瞬間降ってくるのは、甘いキス――。

「奈々美……」

この声で名前を呼ばれるだけで胸の奥がキュンとする。重なった唇は柔らかくて、温かくて、なぜか甘い。目の前にテレビがあって何か言ってるけど、その音だってどこか遠くに聞こえて、感じるのは拓海の体温だけ――。

その唇が離れてしまうと、唇に触れる空気すら冷たく感じて、あたしは薄く瞳を開けた。見えたのは少し困ったような笑顔を浮かべる拓海。

「ヤバイって」

「……？」

「その顔、襲いたくなる」

「――っ！」

そんな言葉にカッと顔を赤くするあたし。

「別にそれでもいいんだけど――」

「はっ？　えっ!?」

あわてて拓海の腕の中から逃げ出そうとするあたしに彼はクスリと笑って、

「『特別な夜』にしてあげるって約束したしね」

『特別な夜』

そんな単語にあたしの顔がますます赤くなるのを感じる。だけど、拓海はおかしそうに笑うだけ。そして、

「だから今日はここまで。送るよ」

そう言ってあたしの前髪をそっとなでてくれた。

結局その日は家まで送ってもらって。

「これ、忘れないで」

「……うっ、ありがとうございます」

車から降りる間際に渡されたのは、今日買ってもらった下着だったり。

「本当は明日もって言いたいんだけど」

その言葉に顔を上げれば、少し困ったような拓海の笑顔。

「日曜は接待ゴルフでね」

「――あ、そう、なんだ」

商社で、しかも営業マンならそんなのは当たり前。分かってるんだけど、落胆する気持ちはどうしようもなくて。

「メールするから」

「……うん」

「電話のほうがいい？」

「……うん」

どうせなら声が聞きたいから。素直にうなずくと、拓海の温かい手があたしの頭に落ちてきて「よしよし」なんてなでてくれる。嬉しいんだけど……ね？

「子供扱いして」

って少し拗《す》ねるように言うと、その手はゆっくりとあたしの頬をなでて、

「じゃ、これで許して」

キスをくれた。

「おやすみ」

「おやすみ……」

彼の言葉にそう返して車を降りる。のに、車はなかなか前に進まなくて――。

「あの？」

「前も思ったんだけど、見送られるのは好きじゃないかな？」

「はい？」

「早く、マンションのエントランスに入って」

「どうして？」

「そこまで見届けないと安心できないから」

「……すぐ、そこなのに？」

「すぐそこでも心配」

そう言ってにっこり笑う拓海。なんでこうあたしの心をつかむのがうまいんだろう？

こんな言葉にすらあたしの顔は赤くなってしまう。だから隠すように顔をそむけて、

「じゃ、帰ります」

「うん、おやすみ」

あたしはエントランスへと歩き始めた。エントランスのドアをくぐった時、やっと車が動く音がして――。あたしが振り返った時には拓海の車はなくなってた。

部屋に入ってベッドにダイブ。

「はぁ」

思わず息をついてしまう。彼のそばだとうまく息ができない。不整脈なのかしら？　と疑いたくなるほど心臓はブレちゃうし、インフルエンザ？　って思うほど体の熱が上がってく。

「お風呂、入らなきゃ」

そう思うのに……、髪に手に、頬に、そして唇に、まだ拓海の感覚が残ってる。それを洗い流したくなんてなくて――、

「明日、入ろうかな」

そうつぶやいて瞳を閉じた。

十二章　おしゃべりな花たち

女の子って
いくつになってもおしゃべりが好き。
だから、
言ってしまいたい。
だけど、
困るよね？

次の日は日曜日で。起きてみると、なんだか昨日の出来事は夢だったんじゃないかって思えるほど普通の休日。だけど、

「夢、じゃないよね」

ローテーブルの上には買ってもらった下着の紙袋があるから。それに、点滅するあたしの携帯。開くと、

「……メール」

もちろん、送信者は拓海で。

『おはよう。今から接待ゴルフ。さすがに朝が早いからモーニングコールはメールで。帰ってきたら電話します』

内容はシンプルで絵文字なんて一つもない。けど、あたしの顔は勝手にニヤけてしまう。夢じゃない。それを確信できるだけで嬉しくて。

「シャワーでも浴びよ」

あたしはベッドから飛び起きた。朝からすんごく気分がいい。シャワーだって鼻歌交じり。恋愛ってこんなに楽しいものだっけ？

こんな気持ちは心の中にとどめておけなくて――。

「……どう、思う？」

うかがうようにそっと顔を上げれば、あきれながらも薄く笑う親友・加代の顔。今、あたしたちはカフェにいる。もちろん、あたしが加代を呼び出したんだけど。

「どうって、あたしが何言っても聞かないくせに」

「うっ」

言葉に詰まるあたしに加代はクスリと笑う。

「すっかり恋する乙女モードね」

「そっ、そんなことは――」

「ある」

「……はい」

自分でも分かるくらい、あたしはめちゃくちゃ浮かれてる。だから、

「もしかして『馬鹿な子』って思ってる？」

恐る恐るそう聞くと、

「思ってる」

キッパリと返ってくる声。だよね。

「でも」

その声に、あたしは落ちかけた視線をもう一度上げた。

「馬鹿になれるくらいの恋愛、いいじゃない」

「えっ？」

「後悔しないよう溺《おぼ》れてみるのもいいかもよ？」

クスリと笑ってカフェラテに口をつける加代。だから、あたしもミルクティーを口に運んで、

「うん」

と答えてみた。だけど、気になることが１つだけ。

「ねぇ、加代」

「何？」

だから、親友の加代を相談相手に選んだの。琴ちゃん相手だとあっという間に広まっちゃうから。

「……これって、ほかの人には言わないほうがいいよね？」

そう言うと、加代も「そうねぇ」と少し考えて。

「ただでさえ奈々美は妬《ねた》まれてるからねぇ。それでも今まで実害がなかったのは『見えない彼氏』だったから。それがいきなり海外営業部エースの『榊拓海』だなんて」

加代の言葉にやっぱりって納得しちゃう。今だってお局様たちの視線が痛いっていうのに、あたしが拓海とつき合ってるなんてバレた日には……。

それを考えるとぞっとして、あたしは肩をすぼめた。そんなあたしに加代は笑って、

「とりあえず、彼にも相談しなよ？」

「うん」

「まぁ、部署も違うし、なんとかなるんじゃない？」

加代の気休めの言葉に「うん」とうなずいてあたしはミルクティーを飲み干した。なんとか、なるかなぁ？


夜、シャワーを浴びてバスルームから出ると、聞こえてきたのは携帯の着信音。急いで手にして——

「はいっ！」

『何してた？』

あたしが出るとクスクス笑う声が聞こえてきた。

「えっ？　あ、えっと、さっきまでシャワー浴びてて」

素直にそう答えるとやっぱりクスクス笑う声が聞こえて、

『刺激的な報告、ありがとう』

なんて台詞《せりふ》にカッとほてる頬。そんな咄嗟《とっさ》に嘘なんてつけないってば！

「接待はどうだった？」

だから少しふてくされたようにそう言うと、『まぁ、無難にね』なんて返ってくる。彼のことだからうまく回ったのは想像できるけど。

それからの話はたわいのないもの。拓海もシャワーを浴びてビールを飲みながらテレビを見てるとか、昨日作った肉じゃがの残りを食べてるけど、やっぱりおいしいとか。そんな話をするだけで、顔がニンマリしてしまう。そして、

『じゃあ、明日会社で』

そう言われて――

「あっ」

『何？』

思い出した！　今、言わなきゃ！

「あのね？」

あたし一人が黙ってても意味がない。彼が同僚に言って、そこから広がって……なんてこともありえるわけで……。

「あたしと拓海がつき合ってるっていうのは、やっぱり内緒にしといたほうがって、思うんだけど」

語尾が弱くなっちゃうのはやっぱり言いにくいから。だって、

『……どうして？』

ほら、拓海ならそう言うと思った。あの部長にだって自分の意見をちゃんと言えるよう

な彼だもの。彼があたしならお局様相手だって毅然とした態度をとるんだろうなぁって簡単に想像できた。でもあたしにはできないから、

「あ、のね……」

素直に話してみた。

「だから、これ以上嫌われたくないっていうか」

もちろん、相手がそんなことで嫌がらせをしてくるような子供だと思いたくない。だけど、やっぱり怖いから。すべてを言い切ると、携帯の向こうから深いため息のような声が聞こえてきた。あきれるよね。こんなの高校生か中学生。でも、恋愛が絡んじゃうと女ってそういう生き物なんだよ。

少しの沈黙の後、『分かった』って声が返ってきた。そして、『でも』少し強めの声に携帯を持つ手がちょっと震えて、

『何かあったらすぐに言えよ？　ほんの些細《ささい》なことでもいいから』

その言葉に、あたしはただ、

「……うん」

とうなずいた。だって、泣いちゃいそうなほど、嬉しかったんだもん——。

月曜日。目覚めの体にはオレンジジュースとイングリッシュマフィン。下着は……、仕方ないでしょ？　いつものシームレスで。

紙袋が恨《うら》めしそうにローテーブルの上にあるけど、それはクローゼットに押し込んで。代わりに、シフォンブラウスとフレアスカートを取り出した。メイクも崩れないように下地から入念に。髪は清楚にまとめて、5センチヒールのパンプス履いて——。

「行ってきます」

誰もいない部屋に向かってそう言うと、あたしは玄関のドアを開けた。

受付はほかの社員よりも少し早めに出社しないといけない。でも、それが嫌かっていうとそうでもない。だって、少しだけ通勤ラッシュが緩和されるから。

会社に着いたら制服に着替えて、

「おっはよ、奈々美」

「おはよ、琴ちゃん」

いつも元気な琴ちゃんに挨拶《あいさつ》を。

「で、どうなったの？」

「えっ？」

意味の分からない台詞《せりふ》に顔を上げると琴ちゃんはニンマリ笑って、

「金曜日、奈々美が帰ってすぐに榊さんから内線あったんだよね〜」

「――あっ」

忘れてた！　そういえばそんなこと言ってたっけ……。

「あ、あれはっ、えと、そう！　あたしが会議室に忘れ物しててっ！」

「……ふーん」

うっ、この顔は絶対納得してない！

「届けてくれただけで……、本当よ？」

それでもそう言い通してみたら、

「じゃ、そーゆーことにしてあげる」

なんて言われちゃった。ダメだ。絶対バレてる気がする……。

それから受付に座って、

「おはようございます」

いつものように挨拶《あいさつ》を。平常心、平常心。そう思うのに、

「あ、来たよ」

そっと、横から耳打ちする声に思わず身体がこわばってしまう。

「おはよう」

「お、おはようございます」

うっ、噛んじゃった。目の前にいる彼はクスリと笑ってエレベーターに。そして、隣を

そっと見ると……、

「そーゆーことにしてあげる」

琴ちゃんがニンマリと笑ってた。


「絶対、琴ちゃんにバレた！」

「……でしょうね」

「ど、どうしよう」

お昼休憩。ここは屋上で、あたしの手にはサンドイッチとイチゴミルク。なんだけど、食べてる場合なんかじゃなくて！　オロオロするあたしに加代は大きくため息をついた。

「いいじゃん」

「えっ？」

「だって、別れる気はないんでしょう？」

「……それは」

もちろん。そんなこと、考えられない。

「今までの奈々美ならもっとうまくやれるかと思ったんだけど」

そう言ってクスクス笑う加代。ってか、笑いごとじゃないんだってば！

「隠せないほど、ハマってるんだ」

「……」

笑いながらカフェオレを口にする加代に返す言葉が見つからない。だって、本当に、どうしていいか分からないんだもん……。

「琴ちゃんには素直に話したら？」

「えっ？」

「あとでふてくされられるよりマシだと思うよ」

「……」

それは、そう思う。

「それに琴ちゃんは別に榊さん狙いじゃないわけでしょ？」

「……たぶん」

そんな感じじゃなかったと思う。コンパの時だって榊さんの隣にはいなかったし。ってか、お姉様方に追いやられてたっていうのが事実だけど。

「それなら白状して、一人でも味方がいたほうがよくない？」

そう言われるとそんな気がしてくる。だから、

「うん」

あたしはうなずいて、やっとイチゴミルクをチューッと吸った。

受付の仕事はいつも忙しいってわけじゃない。午前中はアポとか来客が多い。昼過ぎも多いけど、夕方に差しかかってくると来客数は減ってくる。だからって、私語をしていいってわけじゃないんだけど。

「あ、のね、琴ちゃん」

「ん？」

「えっと……」

どう切り出せばいいんだろう？　いきなり『榊さんとつき合うことにしたの』なんておかしいし……。口の中でゴニョゴニョ濁すあたしの隣で、琴ちゃんはニンマリ笑った。

「白状する気になった？」

「うっ」

こと、こういうことにかけては鋭いです、琴ちゃん。でも、そういうことだから、

「……うん」

素直にうなずいたら「やっぱり！」って声が返ってきた。

「だと思ったんだよね〜。コンパの時もかなり怪しかったし！」

「いっ、いやっ、あの時はまだっ！」

つき合う以前の問題でっ。

「でも、気になってたでしょう？」

「……」

そう言われればその通り。

「金曜日の内線だって怪しかったし！」

「……そう、なの？」

彼ならきっとうまく繕《つくろ》いそうなものだからそう聞いたのに、琴ちゃんは「怪しかったね」とニヤリと笑う。

「あたしの声に『えっ？』って驚いてさ。すっごい焦ってたんだと思うよ？　いきなり『奈々美は？』だもんねぇ～」

ニヤニヤ笑う琴ちゃんにこっちまで顔が赤くなってきちゃう。

「したいでしょ？」

「はい⁉」

な、ナニが⁉　あたしに迫る琴ちゃんの顔が怖いって！

「恩返し！」

「……鶴の？」

「そう！　鶴でもするんだからちゃーんと恩返し、してね？」

「な、なんでしょう？」

そう言いつつもなんとなく想像がついた。だって、琴ちゃんは——

「海外営業部とのコンパ！　企画してっ!!」

「……」

やっぱり。琴ちゃんは『コンパ』が好きなんです。一応、「誰にも言わないでね？」って念を押してみたら琴ちゃんは「はいはい」なんて答えてたけど……、正直、どこまで持つことか。

だけど、社内にバレたとしても、お姉様方に嫌味を言われるようになったとしても、琴ちゃんはあたしの味方でいてくれそうでちょっとだけ安心した。

今日は早番だから帰るのも早い。3時過ぎには次の人たちに引継ぎをして、デスクで業務連絡に目を通す。クリーニングに出した制服を受け取ったり雑務をこなして、

「ちょっと、お茶でも飲む？」

そんな琴ちゃんの声に「うん」とうなずいた。

「で、いつからつき合ってるの!?」

うっ、琴ちゃん、まるで芸能レポーターだよ……。

「いつからって……、金曜日、からかな？」

そう白状すると「やっぱりかぁ！」なんて声。

「会議室の片づけなんて自分の部署の女の子にさせれば済む話だし、変だと思ったんだよ！　奈々美は目を腫《は》らして帰ってくるし！」

「……う、うん」

「じゃあ、今まで言ってた『彼氏がいる』っていうのも嘘？」

それにも観念して首を縦に振ると「やっぱり！」って返ってくる。

「全然そんな雰囲気なかったもんね？　でも、コンパは断るし、おかしいなぁとは思ってたんだ」

「ちょっ、琴ちゃん！　声が大きいって！」

興奮気味になってくる琴ちゃん。いくらこの時間はほかの人がいないからって……。

「あ、でもさ、榊さんの『同棲』は？　あれも嘘？」

それにもあたしはコクンとうなずいた。

「ふーん、じゃあ、『上海にいる彼女』っていうのもガセかぁ」

少しつまらなそうにそうつぶやく琴ちゃん。芸能人の気持ちがちょっぴりだけ分かった気がした。

「でも、相手は同じ社内って聞いたんだけど」

「えっ？」

その一言に思わず声が漏《も》れた。すると、琴ちゃんもあわてたように、

「いや、たぶんガセだよ！　そんな二股かけるような人には見えないし」

「……うん」

だよ、ね？　うん、あるはずない。もう、びっくりさせないでよ。

タイムカードを打って、ため息を一つ。なんか一日疲れた……。でも、家に帰るには早い時間。久しぶりにジムにでも行こうかな？

そう思い立ってジムに。こんな時間は人も少なくて嬉しい。体を動かして汗を出し切るとなんだか気分もすっきりする。

軽くシャワーを浴びてメイクを直して――、気がついた。携帯が点滅してることに。

開いて確かめると、『榊拓海』彼の名前がディスプレイに映されてた。着信時間は6時。残業までの休憩中にかけたのかな？　今は6時半……。かけても大丈夫？　営業っていうのは時間が不規則。いつが暇でいつが忙しいかなんて分からない。でも、かけてきたってことは大丈夫なんだよね？　通話ボタンを押して携帯を耳に当てる。2回コールした後、

『奈々美？』

そう呼ばれただけで心臓がドキッとした。

「――あ、えと、電話もらったみたいで」

『あぁ、会社を出る時、奈々美の姿が見えなかったから』

「えっ？　じゃあもう帰って？」

そう聞くと携帯の向こうからクスッと笑う声が聞こえた。

『残念。今から店舗確認』

「……そっか」

だよね。定時で帰れるなんてありえない。

『上海から荷物が届いてね。今から商品とディスプレイの確認にね』

『上海』そんな単語に引っかかってしまう。『上海にいる彼女』は同じ社内の人だったって――

『奈々美？』

「あ、なんでもないです！　遅くなりそうですね、頑張って」

『……何かあったんだ』

「ないですって」

『敬語』

そう言われて、ハッと自分の口を覆った。

『今度、会った時にちゃんと話して』

「本当に何もっ！」

『悪い、目的地に着いたから』

かすかに聞こえる車のエンジン音。それに気がついた時には『ツー』と電子音があたしの耳に届いて、思わずため息をついてしまった。

うまく自分を繕《つくろ》おうとするとどうしても『受付スタイル』になっちゃう。『今度会った時に――』って言われても、

「話せないよ……」

『上海に彼女がいるって噂《うわさ》があるんだけど……本当？』なんて。もしかしたらつき合ってた人はいたかもしれない。ううん、今だって本社でめちゃくちゃ人気があるんだから、向こうでもきっと彼女の1人や2人いたはず。だって、優しくてエスコートも完璧で……、何よりあの笑顔。今まで彼女がいなかった、なんてことのほうがありえない。だからって過去に嫉妬《しっと》しても仕方ないのもちゃんと分かってる。

なのに、『同じ社内の――』。あたしは琴ちゃんの言葉を思い出して軽く頭を振った。同棲だってただの噂《うわさ》だったじゃない。うん、きっとこれも……。あたしはもう一度ため息をついてカバンを肩に掛けた。


次の日も早番。受付に座って社員やお客様を迎える。

「奈々美！」

肘《ひじ》でツンッとあたしをつつく琴ちゃん。もうっ、分かってるって。彼の周りには自然と人が集まる。誰もが彼に挨拶《あいさつ》をし、彼もそれに応える。もちろんあたしと琴ちゃんも、

「おはようございます」

と言えば、

「おはよう」

って返してくれる。ふわりと甘い笑顔と一緒に。

「あぁ、目の保養ね！」

「琴ちゃんったら」

「で、コンパは!?」

「あ」

忘れてた。その一言で察したのか、琴ちゃんはあたしのパンプスをツンッと蹴《け》って、

「約束だからね？」なんて、念を押してきた。


「コンパねぇ」

繰り返す加代の声に「はぁ」とため息をついてイチゴミルクをチューッと啜《すす》る。

「ってか、それ企画すると、つき合ってるのバレちゃうんじゃない？」

「えっ？」

「だって、奈々美も榊さんも参加するってことでしょう？　しかも主催者」

「あ」

言われてみれば……。集めるだけ集めて2人して参加しないのは怪しいけど、あたしだけ行くのは嫌だし、拓海だけ参加なんてもっと嫌。だからって、2人とも参加して知らん振りなんてできるはずもない。

「……どうしよ？」

「いいんじゃやない？」

「何が？」

「バレても」

「なんで？　どうして!?」

驚くあたしの声に加代は「うーん」と少し考えてから、

「似合ってるから」

「へっ？」

意味の分からないことを言うから、あたしもヘンテコな声を上げてしまう。すると、加代も笑って、

「『高嶺の花』と『営業のエース』、似合いすぎてて誰もが納得するんじゃやない？」

「……」

そんな台詞《せりふ》、恥ずかしいってば。たぶん赤くなってるだろうあたしの顔を見て、加代はクスクス笑う。

「しかし、奈々美から恋愛相談を受ける日が来るなんてね」

あたしは言い返すことができなくて、イチゴミルクを飲み干した。


結局、その夜。

『コンパ?』

「う、うん。琴ちゃんにバレちゃって、そしたらどうしてもって……」

彼に相談した。だって、どうしていいか分からないから。でも、携帯の向こうから、

『いいけど? うちの部署は結構独身が多いし』

なんて簡単に返ってきたから、思わず「えっ?」と声を上げてしまう。

『その代わり、奈々美は不参加』

「やっ、でも」

それじゃ、怪しくない? ってか、拓海は参加しちゃうとか!? 焦るあたしに『はぁ』とため息のようなものが聞こえてきた。

『奈々美狙いの男がどんだけいると思ってんの?』

「そんなのっ!」

興味ない！　全然興味ない!!　それよりも、

「拓海狙いの人だって――」

たくさんいる。だって、『1週間で10人にコクられた』って！

『俺も行かない』

「……」

『ほかの男に言い寄られる奈々美を見るくらいなら、バレたほうがいい。そう思わない？』

そう、思う。その後のことを考えると不安はあるけど。

『じゃ、詳しい日程とか人数はそっちに任せるから』

「あ、うん」

『大丈夫だよ』

「えっ？」

『おやすみ、奈々美』

「……おやすみ、なさい」

そう言うと、クスッと笑う声が聞こえて通話が切れた。

「大丈夫……」

彼の言葉を繰り返してみる。なんだか、本当にそんな気がしてきて。

「単純」

だなぁ、あたし。誰もこの部屋にはいないけど、なんとなく顔を隠したくて、あたしはクッションに顔を埋めた。

次の日、ロッカーの前でそのままを琴ちゃんに告げた。

「えっ？　2人とも来ないの⁉」

驚く琴ちゃんに「うん」とうなずきながらスカーフを巻く。

「え〜、残念すぎる！　せっかくの目の保養が……」

そう言ってがっくり肩を落とす琴ちゃん。でも、すぐさまガバッと顔を上げて、

「あ、別に榊さん狙いってわけじゃないから」

なんて、軽く口にする琴ちゃんにあたしは苦笑した。

「でもさ、榊さんが人集めて自分は来ないって『俺には彼女がいます』って宣言してるようなものじゃない？」

「……うん」

「いいんだ？」

確認するような台詞《せりふ》に、あたしは「うん」とうなずいた。すると、琴ちゃんは「へぇ」

と感心したように声を上げて、

「やっぱり、榊さんってカッコいいね」

って笑いながらあたしの脇腹を小突くから、「やめてよ」ってあたしも笑った。


いつもと変わらない業務。それでも、毎日ここを通り過ぎていく人は同じじゃないから精一杯の笑顔（もてなし）を。なのに、

「あ、榊さん」

なんて琴ちゃんの声にあたしの仮面は剥《は》がれてしまう。琴ちゃんの声が聞こえたのか、エレベーターから降りた彼は真っすぐ受付に歩いてきて――、

「君が『琴ちゃん』？」

にっこり笑う彼に「はっ、はい！」と琴ちゃんはうわずった声で答えた。

「奈々美にも言ったけど、日にちとか場所は任せていいかな？」

「もっ、もちろんです！」

「とりあえず、何人集めたらいい？」

「え、えと、6人っ、じゃなかった。奈々美が来ないから5人で！」

片手をパーにしてみせる琴ちゃんに「ん、分かった」と答えて。

「じゃ、決まったら奈々美経由でいいから」

そう言って彼は軽くあたしの肩をポンッとたたくと自動ドアをくぐっていった。あたしはというと、『行ってらっしゃい』の言葉すら言えないまま立ち尽くして。

「……やっぱりいい男だね」

なんてつぶやく琴ちゃんの声を聞いてた。


琴ちゃんの仕事は早く、コンパはその週末に決まった。それを伝えるためにあたしは携帯でメールを作成中。本当は電話がいいんだけど、今は夜。会社にいるなら私用の電話はまずいだろうし、どこか外出中ならもっとまずいだろうから。時間と場所を入力して、

「送信、と」

ボタンを押して気がついた。

「……なんか、業務連絡みたい」

絵文字も何もない文章。しばらく携帯を見つめてると、

「わっ！」

いきなり、震えながら鳴るあたしの携帯。液晶には彼の名前が浮かんで――、

「はいっ！」

あわてて出ると、クスクス笑う声に続いて『俺』って声が聞こえてきた。

『業務連絡ありがとう』

「……いえ」

やっぱりそう思うよね。うん。

『電話すればよかったのに』

「や、だって仕事中だったら」

そこまで言いかけるとまたクスクス笑う声が聞こえた。

『出れない時はマナーモードで留守電にしてるから大丈夫』

「あ」

言われてみれば、それが社会人として当たり前なわけで。

『俺としては、メールより奈々美の声を聞きたいんだけど？』

なんて台詞《せりふ》に勝手に赤くなるあたしの顔。よかった、電話で。

『とりあえず、これはメンバーのやつらにそのまま送るから』

「あ、うん」

『それじゃ、俺たちはデートしようか？』

「へっ？」

突然の提案にあたしの口からは間抜けな声が漏《も》れてしまった。

『あいつらが楽しんでるんだから、俺たちも楽しまないと』

「……」

『何か予定ある？』

「ない、です」

そう答えると、

『何食べたいか考えといて。もう、デスクに戻るから』

「あ、はい」

『じゃ、おやすみ』

「おやすみなさい」

――って!! まだ社内!? なのに、『奈々美の』とか、『デート』とか……。

切れた携帯を見つめながら、あたしはこの時〝困った〟よりも〝嬉しい〟気持ちのほうが優先されて、『上海の彼女』なんて綺麗に忘れちゃってた。


そして、特に何事も起きずに訪れた金曜日の朝。

悩むのは……、下着だったり。

あたしの引き出しには普段用の下着が並ぶ。もちろん、透けないようにベージュがほとんど。なんだけど、目を引いてしまうのはあの時、買ってもらった真っ赤な下着で……。

手を伸ばしてちょっとだけ広げてみる。

鮮やかな赤いレース。文句なく可愛いけど、絶対透ける。ベストを着れば問題ないといえば問題ないけど……。『デート』そんな言葉に顔が赤くなるのを感じる。

だけど、更衣室ではほかの人にも見られるわけで、

「やっぱ、無理！」

あたしはそれをしまい込んで、それでもいつもよりは可愛いものを選んで身に着けた。


「おっはよう！」

「あ、おはよう」

肩をポンッとたたく琴ちゃんは朝から上機嫌。

「ちょっと、琴、榊さんがメンバーに入ってないってどういうこと？」

そんな声にあたしの肩はビクッと震えちゃうけど。

「ん〜」

そっとあたしを見る琴ちゃん。あたしは何も言わず苦笑して制服に着替え始めた。

「榊さんは忙しいっていうかぁ」

「だって、ほかの人だって海外営業部でしょ？」

「ほら、金曜日だし」

「……どういう意味？」

「コンパする必要がないというか、それ以上に大事な用事があるというか」

「えっ？　やっぱり彼女がいるって本当なの⁉」

「マジで？」

「やーん、ただの噂《うわさ》だと思ってたのにぃ！　それって『同棲してる』って彼女？」

「やっ、さぁ？　さすがにあたしもそこまでは……」

困り顔の琴ちゃん。だけど、ごめん。あたしは心の中でそうつぶやきながら息苦しい更衣室を出た。

「大丈夫、だよね」

なんとなくそう口にして、それから自分の仕事場に。

今日は金曜日。『デート』なんて単語が頭をよぎって顔がニヤついちゃう。

「――ダメだって」

自分の頬を両手でパチンと挟んで。さぁ、今日も働こう。とびきりの笑顔で。

金曜の夕方はみんなどこか浮き足立ってる。って、あたしも人のことは言えないけど。

あたしはコンパには行かないから遅番の子と代わってあげた。その子がしきりに「ごめんね」なんて言うからちょっとだけ良心が痛む。だって、遅番のほうがあたしにとっても都合がいいから。

「じゃあね！」

ウキウキしながらいつもより鎖骨の見えるカットソーで軽やかにロビーを抜けていく琴ちゃんに「お疲れ」と軽く手を振る。幹事だから早めに出発したみたい。しばらくして、ほかのメンバーもいつもより3割増しのバッチリメイクで、

「お疲れ〜」

とあたしの前を歩いていった。うん、気合い入ってるなぁ……。

「先輩たち、気合い入りまくりですね」

隣でそう小さくつぶやいたのは1つ下の後輩。彼女はカレができたばかりなんだとか。これも琴ちゃん情報だけど。

「じゃ、あたしたちも上がろうか？」

そう言ったのは7時ちょっと過ぎ。ＰＣに向かって今日の報告書を作成して。それが終わればあとは着替えて帰るだけ――。

「わっ！」

更衣室で鳴り響いたのはあたしの携帯で……。

「はいっ！」

あわてて出ると、やっぱり聞こえてきたのはクスクス笑う彼の声。

『俺だけど、終わった？』

「――あ、うん」

『じゃ、すぐ外で待ってるから』

短くそう言うと、切れた。

「彼氏さんですか？」

「えっ？」

「顔、赤いですよ」

「――っ」

「きゃあ！　先輩、可愛い～!!　先輩のそんな顔、初めて見ました！」

後輩にからかわれるあたしって……。

「あたしも今からカレに会うんです！　それじゃ、お先に失礼します！」

そう言って軽くあたしに頭を下げると彼女は更衣室を出ていった。受付では見られないとびきりの笑顔を見せて。

……あたしもあんな感じなのかな？　そう考えるとなんだか恥ずかしいやら嬉しいやらで。赤くなった頬が気になってファンデで押さえてから、あたしも更衣室を後にした。

会社の自動ドアを抜けてすぐ――、

「奈々美」

その声にビクッと反応してしまう。驚くあたしに彼はにこりと笑って、

「何食べたいか、考えといた？」

なんて、なんでもないかのようにあたしの隣に立って軽く背中を押した。

「あ、えと」

考えてない。悩んだのは下着のことくらいで……。そんなあたしの思考を読み取ったのか、彼はクスリと笑って、

「なら、俺の食べたいものでいい？」

って言ってくれたから、素直にコクリとうなずいた。

想像してたのはおしゃれなレストランで、手には色鮮やかなカクテルグラス。ほら、夜景とかが見える素敵な場所で——。だったんだけど……。

連れていかれたのは、なぜか焼き肉専門店。

「たまにこういうの食べないと体力持たないって思わない？」

なんて、煙の向こう側で彼がシャツの袖をまくってお肉を網の上に置いていく。テーブルの隅にはビールジョッキが2つ。

「何が食べたい？」

こんなシチュエーションは初めてで。思わず、「なんでも……」と目の前のサンチュを

そのままかじった。

「もしかして肉嫌い？」

その質問には首を振る。嫌いじゃない。むしろ好きだけど……、

「なら食べて」

そう言ってあたしのお皿にお肉をてんこ盛りに。

「あ、ありがと」

「どういたしまして」

笑顔でそう言われて、あたしのお皿にはまたお肉が追加される。

ここは地下で景色なんて見えない。飲み物はジョッキに入ったビール。目の前にはてんこ盛りのお肉。だから、それを口に運んで、「おいしい」そう言うと、「だろ？」と極上の笑顔があたしの真正面にあった。

うん。なんか、楽しい。彼が目の前で喉《のど》を鳴らしてビールを飲む。あまりにおいしそうで、あたしもつられてビールを飲んでみたけど、

「うっ、苦〜い」

やっぱり苦かった。

「あははっ、もしかしてビールも苦手？　そうだよな、コーヒーも飲めないくらいだし」

そう言いながらメニューをあたしに手渡して。

「ねぇ、奈々美」

「？」

「もっと言いたいこと言えよ」

「……」

「コーヒーは飲めないとか、ビールは嫌いとか。レバーは苦手でロースが好きとか」

「あ」

思わず自分のお皿を見たら、レバーが残ってて……。

「とりあえず、そのビールは俺が飲む」

「うん」

「でもレバーは食べるように。体にいいから」

「……」

「あと、何飲みたい？」

「……甘いの」

「さすがにイチゴミルクはないと思うけど？」

なんて言われて、

「──知ってますっ！」

そう叫んで怒りたかったのに、なぜか頬の筋肉は緩んじゃって笑ってた。

たくさん食べて、たくさん飲んで。

「わっ」

「大丈夫か？」

階段でつまずくあたしの腕を引き上げてくれる大きな手。

「大、丈夫」

「じゃなさそうだな」

なんて笑われて。

「タクシーで送ろうか」

「えっ？」

驚いて顔を上げるあたしに少し苦笑気味な彼。

「酔いに任せて、っていうのはね？」

「……」

「それに今夜は『特別』ってわけじゃないでしょ」

「——なっ、えっ？」

カーッと赤くなっていく頬を感じる。すると拓海はクスクス笑って……。

「今、チラッと見えたから」

なんて台詞《せりふ》にあわてて胸元を押さえると、今度は声を立てて笑われた。

「大丈夫、そんなんで襲ったりしないから」

「……大人なんですね」

少し拗《す》ねたようにそう言うと、「ん？」と声が返ってくる。

「こっちは朝から悩んだりしてたのに」

「俺も朝からニヤける顔をどうしようかと悩んでたけど？」

「はい？　わっ！」

思いっきり肩を引き寄せられて、あたしの額が彼の胸にコツンとぶつかる。

「そんなに俺を過剰評価しないで」

「……」

「結構、ドキドキしてるんだけど？」

頬に伝わる彼の心音。少し、速いのかな？　でも、それ以上にあたしのほうが速いから、

「やっぱり、あたしより大人です」

って答えるとクスッと笑う声。

「それって、俺が年食ってるって意味？」

「違っ」

「まぁ、もうすぐ28になるから否定できないけど」

「……もうすぐ？」

引っかかる単語を繰り返すと「うん」と落ちてくる声。

「やっぱりオヤジだと思った？」

「そ、そうじゃなくて――！」

問題はそこじゃない！

「もうすぐ誕生日!?」

驚いてそう聞くと、

「ん？　あぁ、もう祝ってもらうような年じゃないけどね」

なんてサラリと返してきた。

「いっ、いつ!?」

「2週間後、だけど……、別に気にしなくて」

「するっ！　しますってば!!」

彼の袖をつかんで思いっきりそう叫ぶと噴き出すように笑われた。

「子供じゃないんだから」

「子供じゃなくても祝いたいんです！」

「その言葉だけで嬉しいよ」

「何か欲しいもの、ないですか？」

そう聞くと拓海は笑うのをやめて、少し考えるように視線をそらした。そして、

「なんでも？」

少し低い声にゾクリとしてしまう。だから、なんとなく慎重に答えを考えて。

「……あたしが買える範囲でお願いします」

同じ会社。しかもあたしは営業職じゃないから手当もつかないし、まだ会社に入って3年。どのくらいの給料かなんて分かるよね？　そんな願いを込めて言ったのに、

「買わなくていい」

「えっ？」

予想外の声に思わず声が上がる。

「奈々美にしかできないことなんだけど」

真っすぐに下ろされる視線にあたしの心臓がドクンと跳ねた。

「な、何？」

心臓の音が頭の中で鳴り響く。周りの喧騒《けんそう》なんて何も聞こえないのに、

「プレゼントは――」

彼の声だけ、

「奈々美をちょうだい」

なぜかクリアに聞こえた。まばたきもできずに固まったあたし。なのに、

「冗談」

「――えっ？」

さっきまで笑ってなかった拓海の顔に薄く笑みが浮かぶ。

「そうだな、キーケースがもう古いからそれがいいかな」

「……」

「あっ、ネクタイを見立ててくれるっていうのもいいね」

甘く微笑む彼にあたしはやっとまばたきができて。

「本当に冗談だから。奈々美の準備ができるまで待つよ」

そう言って額に落ちてくるキスに、やっと顔を赤くすることができた。

その後はタクシーでマンションまで送ってもらって、

「おやすみ、奈々美」

デートは普通に終わった。あたしの心臓はずっと鳴りっぱなしだったけど。

次の日は土曜日。でもなんの約束もしてないから――、

「どう、思う？」

あたしは加代をカフェに呼び出した。

「どうって……」

　真剣に昨日のことを話したのに、目の前の加代はあきれたようにため息をついて。

「『冗談』なはずないでしょ」

「やっぱり!?」

「当たり前！　というかあたしはもうてっきり処女は卒業したのかと――」

「声が大きいってば！」

　そう叫んであたしはあわてて加代の口をふさいだ。けれど、加代はまたため息をついてジロリとあたしを見た。

「セックスは子供を作る手段、なんて思ってないわよね？」

「はい!?」

「いい？　体の相性っていうのもつき合う上でめちゃくちゃ大事なんだからね？」

「ちょ、ちょっと!!　これでも飲んで、落ち着いて！　ね？」

　ここ、カフェなんですけど？　だからヒートアップする加代をなだめようとカフェオレを勧めてみるけど、無駄な努力。

「相手に不足はなし！　2週間後、きっちり決めてらっしゃい!!」

　なんて気迫たっぷりな台詞《せりふ》にあたしは、

「……はい」

と、答えてしまった。

悶々《もんもん》とした日曜日を抜けて月曜日。あたしの頭を埋め尽くすのは『プレゼント』の文字だったり。

「おはようございます！　先輩！」

「あ、おはよ」

いつものようにそう答えたのに、

「見ちゃいました」

なんて、後輩がニヤリと笑うからあたしも身構えてしまう。

「な、何を？」

「先輩の彼って榊さんだったんですね！」

「――えっ？」

「金曜日、一緒に焼肉屋行ったでしょう？　お店に入るところ、偶然見ちゃって！　ってか、焼肉を一緒に食べれるくらいの仲なんて!!」

そんな言葉にあたしの頭は真っ白で。

「もしかして結構長いんですか？」

「――い、いや」

「ですよね？　榊さん、こっちに帰ってきたばかりだし。あ、じゃあ前のコンパの時だ！　なんか、こう、理想のカップルって感じですね！」

彼女は言うだけ言うと「あ、じゃあお先です」って、あたしを置いて少し前を歩く彼女の同僚の元に駆けていった。『理想のカップル』なんて言葉に今さらながら顔が赤くなる。

――って、喜んでる場合じゃない！　そうだ、金曜日もコンパがあって、あたしはもちろん、拓海も出てなくて……。どう、なったんだろう？　更衣室のドアに手をかけて思わずゴクリと喉《のど》を鳴らしてしまった。

ゆっくりとドアノブをひねって中へ。

「……おはよう、ございます」

大きくなく、けれど聞こえるくらいの声で、うかがうように挨拶《あいさつ》してみる。

「あ、奈々美！　おはよ！」

一番に返ってきたのはいつもと変わらない琴ちゃんの声。そして、

「おはよう、稲森さん」

先輩の声はいつもより低く聞こえた。

「お、おはようございます……」

もう一度そう言って、頭を低くしたまま自分のロッカーへ。チラッと琴ちゃんを見ると

意味深な笑みを浮かべるだけで、どうなってるのか分からない。けど、

「聞いたんだけど——」

背中から聞こえる声に思わず背筋がぴんと伸びてしまう。ゆっくりと振り返ると、更衣室にいる人たちの視線はあたしに集中。そして、

「榊さんとつき合ってるって？」

あまりにストレートすぎる質問にあたしはゴクリと喉《のど》を鳴らした。こんな時、どこを見ていいのか。視線を泳がせながら、

「……ええ、まぁ」

と、小さく答えると更衣室内の温度が2、3度下がった気がした。

「彼氏、いたのよね？」

「——い、いやっ、えと」

まるで尋問《じんもん》。確かに今までは『いる』って答えてたんだけど——。

「だ、だからぁ、言ったじゃないですか！　あれは川本さんとかの誘いを断るための嘘で」

琴ちゃんの咄嗟《とっさ》のフォローにコクコクうなずいてみる。ってか、これは嘘じゃないし。

「で、前回のコンパで捕まえたわけだ」

「やっ、そうじゃ、ない、っていうか……」

これも嘘じゃないけど、背筋に冷たいものが走る。舌は回らないし、うまく言葉が出て

こない。

「ほら、先輩！　眉間《みけん》にシワ!!」

そんな琴ちゃんの声に、先輩たちはハッとしたように怖い顔を緩ませる。すると琴ちゃんは少しホッとしたように小さく息をついて、

「先輩たちだって、コンパの時に『美男美女よねぇ』なんて言ってたじゃないですか！」

「――えっ？」

それには本気で驚いて、思わず声が出るほど。ゆっくりと周りを見渡せば、

「……まぁ、そうだけど」

「ほかに言い様がないじゃない」

なんてバツが悪そうに口にして……。

「あ、時間！　ほら奈々美、着替えよ」

「う、うん」

何がなんだか分からないけど、最悪の事態は免れたの、かな？

「……ありがと」

受付に座り、琴ちゃんに小さくそう言うとカウンターの下でピースサインを返された。

「なんだかんだで、結構みんな納得してたよ」

「そう、なんだ」

「榊さんの同僚は悔しがってたけど」

「……」

「お姉様方も前回のコンパで2人が消えたから怪しんでたみたい」

……みんな、鋭い。こうなることを予言した加代も含めてだけど。

「奈々美が二股かけてるって怒ってるお姉様もいたけど――」

「それはっ」

「うん、ないってあたしが言ったら、榊さんの同僚も『あいつはそんな馬鹿じゃない』って、その一言で静まっちゃった」

「……」

こういうのってやっぱり信頼とかそういうのかな？　そういう意味ではあたしは先輩たちに信用されてないんだろうか。でも、少なくとも琴ちゃんには信用されてるみたいで嬉しいから、「そっか」って笑って返すと琴ちゃんもニヤリと笑った。

「これで心置きなくラブラブできちゃうね？」

「はい？」

「公認カップルだもの！　朝とか一緒に会社に来たり帰ったりとかさぁ」

なんて興奮気味な琴ちゃんに「ちょっと！」と言おうとしたら、

「んっん～。それは仕事のお話？」

背中から聞こえる冷たい声に、「すみません」と、2人して肩をすくめた。

「よかったじゃない。案ずるより産むが易しね」

お昼になって、今朝あったことを加代に話すとそう言われた。全くその通りで反論の余地もなく、あたしはイチゴジュースを啜《すす》る。

「残された問題は『誕生日』だけね」

なんて台詞《せりふ》に思わず噴きそうになったけど。

「……ねぇ、加代」

「何？」

「期待、してると思う？」

「当然」

「でも、冗談だって」

「アンタの顔がよほど引きつってたのね」

「……」

それも否定できない。たぶんそうだったんだと思う。

「そんな心配なんていらないでしょ？　相手はどう考えたって経験豊富な男なんだから」

なんて加代の言葉に、

「それ、なんかちょっと微妙なんだけど」

そう返すと加代は「あら、失礼」と笑ってた。


その日、休憩中や更衣室で、「モテる女はいいわねぇ」とか、「結局、男は若さとか顔に惹《ひ》かれるのよ」とか、「興味ありませーん、なんて顔してたくせに」とか言われたけどその程度で。逆に、

「ちょっと、また榊さんに頼んでコンパ開いてくんない？」

なんて言われて、あたしは作り笑いで切り抜けた。そんなこんなで一日が終わって。


「――って感じだった」

夜、かかってきた電話で彼にそう言うと、

『まぁ、そんなもんだろ？　しょせん他人の色恋沙汰なんだから』

って軽く返された。結構、怖かったんだけどなぁ。


次の日もチクチク小さな嫌味は言われたけど、でもこういうのって――、

「なんか、いつもと変わんないぃ」って加代に言うと、

「そんなものよ。ってか、みんなアンタより大人なの」

そう言われて、頭を小突かれた。ホッとしたような、ちょっと拍子抜けのような……。

いや、これでいいんだけど。うん、よかった。

その日から拓海からの電話はなくて、

『遅くなったからメールで。おやすみ』

なんて短いメールだけがあたしの携帯に届いた。それに対してあたしが返すのは朝で、

『おはよう。仕事忙しいんだね、頑張って』

とありきたりなもの。会社内でもなぜか会うことはない。あたしが早番とか遅番とか関係なく、どうも本社には来てなくて客先に直行みたい。なんでも、

「今、海外営業部って大きな契約を控えてるんだって」

との琴ちゃん情報。そんなことを琴ちゃんから聞かされるってどういうことなんだろう？　ちょっと、面白くなかったりするのは、あたしが子供なんだと思う。

「営業にも守秘義務ってものがあるのよ」

加代にそう言われた。そうなんだと思う。琴ちゃんの話にしたって具体的な内容は全然なくて、あくまで噂《うわさ》。でも、同じ会社なんだしもっとこう――。

「仕事のグチをこぼすような男よりはるかにいい男だと思うけど？」

はい、加代のおっしゃる通りです。結局、その週はメールだけ。

「しかも絵文字の一つもないなんて……」

いや、28で絵文字だらけっていうのも考えモノ？　と、頭をひねってあたしはいつものように『おはよう』から始まるメールを打ち返した。


今日はもう金曜日。受付に座ってる間、お昼過ぎに会社を出ていく彼を見たけどほかの同僚と一緒で。あたしにできるのは軽く頭を下げることくらい。そして、あたしが受付に座ってる間に帰ってくることはなかった。

「ジムにでも行こうかな？」

ため息交じりにそうつぶやいてタイムカードを打って――

「奈々美」

「えっ？」

その声に振り返ろうとしたけど、あたしの腕はもうつかまれてて。

「きゃっ」

あたしの頭がゴツンとぶつかったのは――、

「間に合ってよかった」

拓海の胸だった。

「プレゼンの資料作りとか、打ち合わせとか忙しくて」

「……うん」

「それもやっと目処《めど》がついたから」

「……ん」

拓海の匂いがする。別に香水とかコロンとかつけてるわけじゃないのに、甘くて深呼吸したくなるような――。

「電話、したんだけどな」

「えっ？」

驚いて顔を上げると久々に間近で見る拓海の顔で、

「あ、えと、マナーモードにしたままでっ」

「だと思った」

クスリと笑う顔にあたしも思わずつられて笑った。

『高嶺の花は咲いてるか？　2』につづく

応援サポーターの皆さん

「高嶺の花は咲いてるか?」をE★エブリスタで
応援してくださった多くの皆さんありがとうございました。
感謝の意を込めて、ほんの一部の方ですが
ご紹介させて頂きます。

hana.

mikacchi

しろ

卑弥呼

ユカ

くまっこ

Rin-Honjo

愛音

あずき

いちてん

レノ

drops

ゆず☆

かず

える ドラ ド

真由

ケロロ

さくら

雲雀

桜瀬ひな　　Hina Sakurase

広島県在住の女性。ひな名義で「君に伝えて…」シリーズ（集英社）、「蝶は花に止まりけり」（アスキー・メディアワークス）を出版。本作で「E★エブリスタ電子書籍大賞2012」主婦の友社賞（20代以上恋愛部門）受賞。

高嶺《たかね》の花《はな》は咲《さ》いてるか? 1
平成24年9月30日　第1刷発行

著　者　桜瀬《さくらせ》ひな
発行者　荻野善之
発行所　株式会社主婦の友社
〒101-8911
東京都千代田区神田駿河台2-9
電話　03-5280-7537（編集）　03-5280-7551（販売）
印刷所　大日本印刷株式会社

■乱丁本、落丁本はおとりかえします。
お買い求めの書店か、主婦の友社資材刊行課（電話03-5280-7590）にご連絡ください。
■内容に関するお問い合わせは、主婦の友社書籍・ムック編集部（電話03-5280-7537）まで。
■主婦の友社が発行する書籍・ムックのご注文、雑誌の定期購読のお申し込みは、
お近くの書店か主婦の友社コールセンター（電話0120-916-892）まで。
※お問い合わせ受付時間　土・日・祝日を除く　月〜金 9:30 〜 17:30
主婦の友社ホームページ　http://www.shufunotomo.co.jp/

ISBN978-4-07-284948-4